L'IDÉALE MÉTAMORPHOSE

ISBN : 2-910715-60-4

OEUVRES DE FRANCOIS BROUSSE

POEMES

Rama aux Yeux de Lotus bleu, 1952 (La Licorne Ailée, 2e éd. 1983)
L'Angélus des Rêves, 1978 (La Licorne Ailée, 2e éd. 1989)
Ivresses et Sommeils, 1980 (La Licorne Ailée, 2e éd. 1989)
Au Royaume des Oiseaux et des Licornes, 1982 La Licorne Ailée
Orphée au Front Serein, 1984 La Licorne Ailée
Oeuvres Poétiques - tome I, 1986 La Licorne Ailée comprenant :
- *Le Poème de la Terre,* (2e édition)
- *La Tour de Cristal,* (2e édition)
- *Chants dans le Ciel,* (2e édition)
- *A l'ombre de l'Antéchrist,* (2e édition)
- *Le Rythme d'Or,* (2e édition)
- *Les Pélerins de la nuit,* (2e édition)
- *L'Enlumineur des Mondes,* (2e édition)
- *La Harpe aux cordes de Lune,* (2e édition)
- *L'Eternel reflet,* (2e édition)
- *Hymne à la Joie,* (2e édition)

L'Aigle Blanc d'Altaïr, 1987 La Licorne Ailée
Oeuvres Poétiques - tome II, 1988 La Licorne Ailée comprenant :
- *Voltiges et Vertiges* (2e édition)
- *De l'autre Cygne à l'Un* (2e édition)
- *Murmures Magiques* (2e édition)

Le Graal d'Or aux Mille Soleils, 1989 La Licorne Ailée
La Rosée des Constellations, 1991 La Licorne Ailée
Les Transfigurations, 1992 La Licorne Ailée
Le Baiser de l'Archange, 1993 La Licorne Ailée
Le Frisson de l'Aurore, 1993 La Licorne Ailée
Les Miroitements de l'Infini, 1994 La Licorne Ailée
Le Chant cosmique de Merlin, 1995 La Licorne Ailée
L'Homme aux semelles de tempête, 1995 La Licorne Ailée
Poèmes de mon lointain matin, 1995 La Licorne Ailée
Rencontre avec l'Etre, 1995 La Licorne Ailée
La Roseraie des Fauvettes, 1997 La Licorne Ailée
L'Idéale métamorphose, 1998 La Licorne Ailée

ESSAIS

La Chute de l'Aigle allemand, 1944 (Sinthe)
L'Avenir des Peuples 1946, (L'Hermite)
Le Secret des Tombes Royales 1947, (La Licorne Ailée, 3e éd. 1991)
La Lune Fille et Mère de la Terre, 1957 (La L. A., 4e éd. 1992)
Antoine Orliac, poète martiniste, 1958 (Sources Vives)

Lamennais et le Christianisme Universel, 1959 (Scorpion)
De Pythagore à Camille Flammarion, 1960 (La L. A., 4e éd. 1991)
Une Torche aux Astres Allumée, 1961 (La L. A., 3e éd. 1989)
Sub Rosa 1964 (Sources Vives)
Les Clés de Nostradamus 1965 (Sources et Flammes, 2e éd. 1981)
Zoroastre, l'Apôtre du Soleil 1972 (La Licorne Ailée, 3e éd. 1989)
René Espeut, Biologiste et Poète 1979 (Labau)
La Prophétie des Papes, Miroir du Monde 1981 (Buro-Service)
Les Visiteurs des Millénaires - tome I *Le Comte de Saint-Germain* (La Licorne Ailée 2e éd. 1990)
Le Livre des Révélations - tome I 1982 (La Licorne Ailée, 3e éd. 1992)
Le Livre des Révélations - tome II 1982 (La L. A., 3e éd. 1992)
La Trinosophie de l'Etoile Polaire (La Licorne Ailée, 2e éd. 1990) comprenant :

- *L'Ordre de l'Etoile Polaire et de Celui qui vient,* (4e édition)
- *Isis-Uranie ou l'Initiation Majeure* (4e édition)
- *Le Double Infini* (4e édition)

L'Arbre de Vie et d'Eternité, *(ou une nouvelle forme de Kabbale)* 1984 (La Licorne Ailée, 3e éd.1992)
Les Secrets Kabbalistiques de Victor Hugo, 1985 La Licorne Ailée
Spécial Victor Hugo 1985, La Licorne Ailée, BMP
Les Mystères d'Apollon, 1986 La Licorne Ailée (2e éd. 1992)
Les Secrets Kabbalistiques de la Bible, 1987 La Licorne Ailée
comprenant : - *Moïse (1e édition)*

- *Ezéchiel, Mage chaldéen (3e édition)*
- *Amos Pâtre visionnaire* (2e édition)
- *Michée le Prophète, scruté par un initié* (1e édition)

La 7ème Erreur de l'Humanité 1987 (La Licorne Ailée, 2e éd. 1991)
Bulletin du Maître Polaire première année, 1985 La Licorne Ailée
Bulletin du Maître Polaire deuxième année, 1986 La Licorne Ailée
Bulletin du Maître Polaire troisième année, 1989 La Licorne Ailée
Bulletin du Maître Polaire quatrième année, 1995 La Licorne Ailée
Bulletin du Maître Polaire cinquième année, 1996 La Licorne Ailée
Bulletin du Maître Polaire sixième année, 1997 La Licorne Ailée
La Coupe d'Ogmios, 1993 La Licorne Ailée
L'Astrophie, 1989 Dervy-Livres (La Licorne Ailée 2e éd. 1994)
L'Evangile de Philippe de Lyon, 1994 La Licorne Ailée
Par le Soupirail du Rêve, 1996 La Licorne Ailée
Nostradamus Ressuscité, tome 1, 1996 La Licorne Ailée
Nostradamus Ressuscité, tome 2, 1997 La Licorne Ailée

ROMANS

Péhadrita parmi les Etoiles, 1983 La Licorne Ailée
L'Abeille de Misraïm, 1986 La Licorne Ailée
Contes du Gouffre et de l'Infini, 1988 La Licorne Ailée

FRANÇOIS BROUSSE

L'IDÉALE MÉTAMORPHOSE

LA LICORNE AILÉE

LA ROSE

Je veux provoquer l'impossible
Mon ciel contient l'inadmissible
Du soleil je deviens la cible,

La porte s'ouvre à deux battants
Sur les abîmes éclatants
Qui font pâlir tous les sultans ;

Je monte parmi les étoiles
L'ouragan souffle dans mes toiles
J'aime les destinées fatales.

Le cheval du lointain swami
Est mon plus farouche ennemi,
Je ne veux pas avoir dormi,

Je dépasse le vol des sternes
Le gouffre porte une lanterne,
Ce qui brillait redevient terne.

La fleur parfaite, c'est la rose
Dont la rosée magique arrose
L'idéale métamorphose.

7 septembre 1994

COURBURE

Quand une force inépuisable
Attaque un roc inébranlable
Dieu lui-même oublie son latin
Voici le ténébreux matin,

La raison quoique imperturbable
Se raccroche à d'effrayants câbles
L'espoir de la folie s'éteint,
Je suis l'avatar libertin.

Le démon erre sur l'abîme
La leçon hautaine se perd
Sous les courbures de la mer,

L'ombre brise sa flamme intime
Le contradictoire s'enfuit
Dans la suavité des nuits.

7 septembre 1994

LA COURBE

La science ment
Sous le firmament,
Je reste debout
Sur l'Etre qui bout ;
L'écrin de Nivôse
En splendeurs explose
L'astre inattendu
Toujours nous est dû ;
Le tremblant érable
Nous est secourable.
Le cerf qui bondit
Brave l'interdit
Le dessin du givre
Comme un gin m'enivre.
Les noirs séraphins
S'engendrent sans fin,
La vierge des mondes
Effeuille ses rondes
Je franchis expert
La courbe des mers...

8 septembre 1994

LE PILASTRE

La reine des archanges
Sourit en plein azur
Le parfum des louanges
Déstabilise Assur

On entend les mésanges
Rire à l'angle des mers
L'éclat fier des oranges
Epouvante l'obscur

Une fumée prolonge
L'aventure des songes
Jusqu'au printemps vermeil

Je monte dans les astres
Je suis le grand pilastre
Des inconnus soleils

8 septembre 1994

REPETITION

Certes je me répète
Car le clairon redit
Ce que dit la trompette
L'écho est un bandit,

Le soleil de Gandhi
Resplendit sur nos têtes
Je marche sur la crête
Je sauve les maudits.

Lanterne, tu m'éclaires
Car la bonne colère
Remembre la vigueur.

Je te chasse, langueur
La hauteur du Bosphore
Vers Dieu seul s'évapore.

8 septembre 1994

JE T'ATTENDS

Les plaintes de l'augure
Ouvrent leur envergure
Dans la sérénité,

Mais sa harpe magique
Jette un écho tragique
Sur notre immens[2]ité.

La vie aux mille formes
Passe, géant difforme
Que la Mort peut unir,

Le poète splendide
Bondira comme un guide
Vers l'éternel saphir.

Je reconquiers l'abîme...
Dans le gouffre éclatant

Le Maître magnanime
M'a crié : « Je t'attends ! »

8 septembre 1994

MONTONS !

Ce qui monte converge
Dit Teilhard de Chardin
Vers la nouvelle berge
Nous monterons soudain

L'esprit tranquille émerge
De gradins en gradins
Allumons notre cierge
Pour mieux voir le jardin.

Une flamme héroïque
Eclaire l'âme antique ;
Bandons nos énergies !

Au bout de notre quête
Dans l'arbre des tempêtes
Dieu tranquille surgit !

9 septembre 1994

LE SALUT

Tout renaît, tout se transforme
J'écoute le chant énorme
Je guette l'indéfini,
Au mystère je m'unis

Avec Marion Delorme.
Que jamais je ne m'endorme !
Sur la route du génie
J'ai la suprême ironie !

Je démasque les idoles[1].
Déployons la farandole
Jusqu'aux astres rénovés !

Bouddha caresse Iavhé
Sur la crête j'ai rêvé
Que Satan était sauvé !

9 septembre 1994

1 Var. : Dans la nouvelle auréole.

MADRIGAL

Dieu est terriblement méchant
Dieu est magnifiquement bon,
Son âme est un soleil couchant
Son rire est l'éclair de Strabon,

Nous caresserons d'un seul bond
Les solitudes de son champ,
Nous méditerons en marchant
La magnitude du charbon.

L'Ancien des astres me débauche
Il fait sonner toutes ses cloches
Dans l'orbe infinitésimal.

Suis-je un homme ou suis-je une femme ?
Dans l'Atlantide nous allâmes
Illuminer le Madrigal...

10 septembre 1994

LE BOCAGE

O bocage tu m'attires
Comme un sorcier, et je crois
Que la nymphe et le satyre
Se mélangent dans le bois.

Je brille comme un lampyre
Des taillis je suis la voix,
Je dédaigne les empires
Car j'écoute les hautbois.

J'aspire l'ample corolle
Je joue le faste et le drôle
L'étoile affolée s'envole,

Avec Guillaume de Lorris
Je me déchaîne et je souris
Le lait des soleils me nourrit.

10 septembre 1994

L'EGLISE

Une église mourante
Se lamente
Dans les bois
La brise qui frissonne
Epoinçonne
Le hautbois.

Une fille
En mantille
S'égosille
A pleurer,
Mais la bouche
Qui la touche
Mime le feu follet.

J'aspire à m'envoler
Dans l'abîme étoilé
Dieu m'ouvre ses palais.

10 septembre 1994

LE BURNOUS

La princesse de Padoue
Baise avec ardeur ma joue,
Tressant magisme et folie
L'univers devant nous plie.

Avant d'investir le socle
J'évoquerai Thémistocle
Il met l'envers à l'endroit,
Le poète a tous les droits.

L'Etre inconnu nous regarde
Il hante les derniers bardes
Et laisse tomber sur nous
Son impalpable burnous.

L'ombre et l'aurore s'enlacent
Dans la fontaine des grâces...

11 septembre 1994

LE TAMBOUR

Je suis la harpe de Dieu,
Je refuse de mentir,
Parmi l'ouragan de feu
J'entends la plainte de Tyr.

L'aube commence à rosir
Je charme l'instant, le lieu,
Et l'impalpable zéphir,
Je suis le tambour des cieux !

La grâce de Mélusine
Sous sa torche de résine
Evoque l'Eblouissant,

L'éternel adolescent
Du ciel fourmillant d'étoiles
Circule au fond de mes moelles...

11 septembre 1994

NUITS

Un amour m'emporte
Vers la grande porte
Des chastes cohortes.

Le cri des lutins
D'infini se teint
Comme un feu lointain

La joie de l'Idée
Couvre la Chaldée
D'ombres débordées.

La belle démone
Là-bas s'époumone
Avec Desdémone.

L'édifice pur
Déchire l'azur
De son raisin mûr.

J'aime le hasard
Fin comme un isard
Sous les noirs blizzards.

Le feu des collines
Sur mon coeur incline
Ses nuits sibyllines.

12 septembre 1994

DANS LES CIEUX

Sous les feuilles inquiètes
Je contemple radieux
Les oiseaux et les poètes
Pêle-mêle dans les cieux,

L'impossible goélette
Explore l'autre lieu
Sur le frisson de sa crête
S'ouvrent d'indomptables yeux.

Dans la profondeur des mondes
Déployez toutes vos sondes
O dompteurs étincelants !

J'écoute de roche en roche
Le soleil qui s'effiloche
Sous la fureur des Orients...

12 septembre 1994

PARADIS

Je suis tombé de l'infini
Comme un oiseau quittant son nid
Mais dans mon coeur tout rajeunit.

Je suis l'époux de la princesse
Je la visiterai sans cesse
Etant le maître de Lutèce,

Car Lutèce provient de lutte
Elle indique notre salut,
Nous sommes les maîtres élus.

Dans la lumière des cytises
J'aspire aux ultimes hantises
Je suis le feu que Dieu attise,

Plus que le soleil des soleils
Je suis le paradis vermeil.

12 septembre 1994

IDYLLES

Le silence des forêts
Et la clameur de la ville
Forment sous les cieux sacrés
Une merveilleuse idylle.
Les poèmes colorés
Par la zébrure des styles,
La mer aux frissons moirés
Complètent le péristyle
Je n'ai que trois ennemis
Pour l'homme errant je redoute
La peur, la haine et le doute
Les oracles m'ont promis
La sérénité divine
J'aime tout ce que je vois
Mais je donne aussi ma voix
Aux gouffres que l'on devine.

13 septembre 1994

LE VIVANT

Je vivais
Sans savoir comment,
Je rêvais
J'ignore de quoi,

Sur l'autre firmament
Je vide mon carquois.
D'Elle je suis l'amant
Mon amour est narquois,

Je relis les romans
Surtout d'amour courtois.
Je construis l'élément
Parmi les Iroquois.

J'aime le clair ciment
Du doux Chrétien de Troyes
Je déforme souvent
Sous je ne sais quel vent

Les textures du Soi,
Je remembre la foi
De l'éternel Vivant.

14 septembre 1994

MANDRAGORES

Le chant subtil des mandragores
Pleure toujours sous les gibets
Mais les Vers d'Or de Pythagore
Epouvantent les lourds abbés.

Le magisme de l'ellébore
La splendeur nous a dérobé,
Un fantasme clair élabore
Le tambourin des retombées.

Le feu mystique Jupiter,
Etoile énorme de l'éther
Fait étinceler nos prunelles,

Le sarcastique nécromant
Aux pieds de l'invisible iman
Ouvre nos fabuleuses ailes.

14 septembre 1994

ELZEVIRS

Le ciel prodigieux où s'engloutit l'extase
Renverse l'univers de la cime à la base,
D'un elzévir d'azur, la vérité s'embrase.

Les abeilles sont les trophées
Des paradigmes et des fées,
Ainsi méditent les Orphées.

La musaraigne dans l'éther
Ecoute le fier Chante-clair,
J'admire le vol de l'eider.

L'ironie du Maître égratigne
Les papillons parmi les lignes
Ce sont des léopards insignes,

Les incroyables gobelins
Font aux grands fleuves des câlins
Sous leurs hauts capuchons de lin.

Des transcendances l'ordre est plein...

14 septembre 1994

ECRITOIRE

L'ample théologie
Attire les magies
Comme l'arbre la foudre.

Maîtres spirituels
Vous êtes le castel
Dont l'ombre veut absoudre.

Ils sont les possesseurs
Des rayons obsesseurs
Joyaux de l'âme humaine,

Vers l'abîme insondé
Ils mélangent les dés
De l'ombre expiatoire.

Mon calame flamboie
Le chien suprême aboie
J'aime mon écritoire...

Il faut lire plutôt
Dans l'immense plateau
Les paroles des sages

Tu connaîtras ainsi
Les éternels récits
Qui rouvrent les passages.

15 septembre 1994

KALI YUGA

La tempête me mord
Je plie comme un roseau,
Et le froid de la mort
Fait tressaillir mes os.

Je n'ai pas de remords
Je tourne mes fuseaux,
Entre, pâtre d'Armor,
Dans les tragiques eaux ! ...

La comédie éparse
N'est-elle qu'une farce ?
Dieu se moque de nous.

C'est ma dernière automne
Et le sépulcre entonne
La mélodie des fous.

Mais tu m'avais promis
Des siècles sans limites
Et je me brise, ami,
Comme une stalagmite.

Quelqu'un qui n'est pas moi
A remplacé ma voix.

16 septembre 1994

L'OMBRE

Il est Amour et sans attendre
On peut toucher ses rêves tendres,
J'aime la flûte de Clitandre,

Le ciel magique est masculin
Il porte une robe de lin
Qui fait reculer le malin.

De longues phrases sibyllines
Envahissent l'or des collines,
L'aurore déshabille Aline.

Comme le bruit d'un moucheron
Passe le faste des barons,
Je suis plus petit qu'un ciron,

Et plus grand que l'étoile immense !
Je participe à la clémence
Que l'Ombre éternelle ensemence...

16 septembre 1994

SOLEIL NOIR

Les ivresses de l'imparfait
Tombent du rire des étoiles
Je suis par les astres griffé
Car la vipère emplit les dalles,

Le parfum lourd des digitales
Evoque l'ombre des Orphée
Je m'emplis d'ivresse claustrale
Le soleil noir m'a réchauffé,

Dans le secret des catacombes
Mon coeur exaspéré succombe
Satan pense qu'il m'a séduit,

Mais, c'est moi qui dans mon aigrette
A créé la forme secrète
Où l'âme indestructible luit...

16 septembre 1994

MELANCOLIE

Mon âme est triste
Jusqu'à la mort !
Que Dieu m'assiste,
Dit l'homme fort.

Le grand artiste
Supplie Athor
L'arbre résiste
Au vent du Nord.

Tout s'évapore
Même l'aurore
Et le parfum,

Mais tout demeure
Dans la demeure
Des dieux défunts.

17 septembre 1994

GEORGIQUES

J'empruntai à Virgile un chant des Géorgiques
La rose de la vie et de la mort magiques.
Je m'élance dans les airs, émerveillé,
Pour respirer le parfum subtil des oeillets.

L'abeille de Sion se mélange toujours
A l'éblouissement de l'éternel séjour.
Je sauverai la Terre antique et les étoiles,
Le serpent de l'azur circule dans mes moelles.

Colossale splendeur perdue au fond des puits
Je bouleverse toute la gloire des nuits
Sous les larmes que verse un flambeau de résine

Dans mes bras enivrés, j'étreindrai Mélusine.
Sur les sommets pervers j'entonne le clairon
Et j'écoute gronder le grand fleuve Cédron.

18 septembre 1994

LE TRANSFINI

Je condamne sans réplique
La religion Mosaïque
Les effarements bibliques
Et les dogmes islamiques.

Mon esprit veut s'envoler
Plus haut que l'aigle étoilé.
J'écoute le chant des mondes.
L'illusion inféconde

Habite les ostensoirs.
Allons plus haut que les soirs
Dans l'éternité divine,

Vers le Dieu que l'on devine.
Le séjour du Transfini
Devient le suprême nid.

18 septembre 1994

L'ATOME

Le puissant minéral respire
Comme l'atome triomphal,
Mon âme émerveillée soupire
J'invite le gouffre à mon bal.

L'orchestre énorme de Fingal
Psalmodie son joyeux empire,
Un vol fantasque des lampyres
Crée le frisson sacerdotal.

Mon songe infinitésimal
Déploie sa gigantesque lyre,
Quelle toge bleue se déchire
Contre le parfum du santal ?

Entends-tu la plainte d'Elvire
Elle émeut ton coeur ô Nerval.
Le cri de l'immortel cheval
En mon âme ardente chavire

Ecoute le chant de Palmyre
Sur l'azur du supramental !

19 septembre 1994

LE LION

Debout sur mon roc
Je brave Moloch.
Son terrible choc
N'est qu'un coup d'estoc.

J'aime la crinière
Du lion lumière
La force première
Emplit sa tanière.

Le nouveau soleil
D'un reflet vermeil
Sonne le réveil.

Quant à moi je monte
Dans la gloire prompte
De l'éternel Comte.

20 septembre 1994

AVRIL

La jeunesse s'élance
Pour le mystère intense
Elle palpite vers
Les autres univers,

Le maître de l'Egypte
Médite dans sa crypte,
Va-t-il tendre la main
Au pâle genre humain ?

Faut-il être le guide
Des lendemains splendides ?
Mais l'Inde antique attend
Un réveil éclatant.

L'oeil des anciens Atlantes
Est la suprême plante.
Qui porte le pistil
Des farouches avrils ?

L'Etre des êtres pense
Aux ultimes clémences...

20 septembre 1994

L'ETRE

Les poètes et les prophètes
Ajoutent de l'être au néant
Ils se mélangent sur les faîtes
Ils affirment tout en niant,
Le point sans forme devient forme
Le non sensible crée la chair,
L'impalpable absorbe la norme
On entend le chant de l'éclair
La religion s'effiloche
Le maître entend sonner la cloche
Lucifer épouse Astarté
Le multiple étreint l'unité,
Le vent de l'infini m'emporte
Je suis pareil aux feuilles mortes
Qui se changent en papillon
Le gris vante le vermillon
Le démon adore l'archange
L'habituel mime l'étrange
Mais dans ce fugitif roman
Dieu subsiste éternellement.

20 septembre 1994

AUTOBIOGRAPHIE

Je pense et parle en même temps,
Je communique avec les mondes,
Le souffle énorme des autans
M'entraîne dans ses vastes ondes

Je suis le scrutateur d'antan
Et le prophète dont la sonde
Plonge plus loin que les mustangs
Dans les nectars où l'Art se fonde

L'oeil implacable du vizir
Est incapable de saisir
L'envergure de ma pensée :

Je fait trembler l'astre du pôle,
Je dessine la décapole
Des cathédrales inversées.

20 septembre 1994

LE MUTANT

L'être qui frappe à ma fenêtre
Est un invisible passant
Il a les géants pour ancêtres
L'éternité sur lui descend.

Je vis au milieu de l'énigme
Mon pas fait tressaillir les morts
Je porte les grands paradigmes
Qui réveillent tous les essors.

Je suis inconnu à moi-même,
Le monde ignore mon destin
Les vestiges de Valentin
Touchent à mon regard suprême.

Le passant nocturne est parti.
Il me laisse un profond miracle
La déesse a pour habitacle
Ce qui dépasse les hosties.

La feuille tremble sur sa tige
Je suis l'éternel méditant
Les extases et les prodiges
M'ouvrent la porte des mutants.

20 septembre 1994

LE CHEVAL

Mon noir cheval galope
J'oublie lady Stanhope
Et son rêve de feu

Que m'importe Palmyre.
Je n'aime et je n'admire
Que le royaume bleu.

Le vent sacré m'emporte !
Ne ferme pas la porte
Qui mène à l'infini

L'aigle retourne au nid
Tout cède à mon génie !
Le clair cheval hennit

Je dis au monde adieu
J'irai souper chez Dieu !

21 septembre 1994

LES CULTES

Dans mes pâles hantises
J'attise
Le reflet du cytise.

Le mystique jardin
D'Eden
Rit comme un muscadin.

Le reflet des cuirasses
Harasse
Le sourire d'Horace.

Un triomphal empire
Conspire
Pour éviter le pire.

Je contemple le Nil
Subtil
Comme un oiseau d'avril.

La prophétie des papes
S'échappe
Et rentre dans sa trappe.

Mon orthographe fuit
Le puits
Où s'engloutit la nuit

Mais mon courage exulte,
        Les cultes
Apaisent leur tumulte.

21 septembre 1994

MEMOIRE

Ma mémoire s'en va
Comme un martin-pêcheur
Mais je sens la fraîcheur
Des ailes de Civa

Sur le tas de gravats
Fuit l'éternel marcheur...

Je vais parmi les terres
Inconnues au savant
Mais leur souffle adultère
S'exalte au moindre vent ;

Altaïr dérivant
Quitte le monastère...

Je vais sans savoir où
Quelle belle aventure !
Un souffle doux et fou
Gronde dans la mâture.

Toutes les conjectures
Etalent leurs bijoux

Le passé caracole
Comme un coursier poussif
Je brise les écoles
Sur l'ombrage des ifs

L'orage se désole
Sur le sombre récif.

21 septembre 1994

BRUNO

Au triomphant Bruno
La Providence donne
Le fulgurant anneau
Où l'âme s'abandonne,

Un profil de madone
Illumine l'Arno.

Les maîtres souverains
Réclament la cadence
Qui dicte au parchemin
L'éblouissante danse.

Les feux de l'abondance
Sont les soleils marins

Une sainte colombe
Ouvre son aile d'or.
Le nain creuse une tombe
Au fond du corridor.

Parmi les catacombes
La liturgie s'endort.

21 septembre 1994

CAUSERIE

Tous deux nous manquons de raison,
Moi, rêveur, toi, pape. Causons.
L'âtre pétille de tisons.

Les aigles deviennent des oies.
Mon âme dans mes pleurs se noie,
Ecoutons les chants de la joie !

Les grands poètes ignorés
Se réfugient dans les forêts
Leurs fronts rutilent, libérés.

Mon souffle caresse tes cordes
O sublime Miséricorde !
La voix de l'orchestre s'accorde.

Escaladons Aldébaran !
L'azur rejette les tyrans...
Nous éclairons les yeux errants !

L'univers voudrait qu'on le sauve...
Je médite dans mon alcôve
Le prophète toujours rénove[1] ...

21 septembre 1994

1 Var. : L'avatar toujours nous rénove !

L'ETOILE

Seul je capte les forces
De l'empire éternel
L'Art brille dans mon torse
Comme le sang d'Abel.
Le monde est-il réel ?
J'aime sa lueur torse

L'immensité des temps
Accable le prophète
Il prend tous les autans
Dans sa lueur parfaite.
Mais le mystère attend
La fabuleuse fête.

L'ouragan syrien
Emporte les génies !
Je pèse sur le rien
Comme un cri d'agonie.
Tes lèvres de carmin
Rejettent l'ironie.

Je suis la cathédrale
D'où rejaillit l'étoile !

22 septembre 1994

LA SULAMITE

L'approche de la mort
Suractive mes chants.
Je n'ai pas de remords
Sous les soleils couchants

Le noir serpent nous mord
L'informe est-il méchant ?
Les colosses d'Armor
Me viennent pourléchant.

Jésus rit dans sa crèche.
Mordons les sombres pêches
Que soigne Morya

J'aime les parias,
L'univers sans limite
Devient la Sulamite.

22 septembre 1994

HIERODULE

Le grand hiérodule
Comme un serpent ondule
Dans la nuit incrédule,

Une cloche répond
Sous les arches du pont
Aux rires du nippon[1]

Derrière la montagne
Le soir revêt son pagne
L'immensité le gagne.

J'imprimerai le scel
De l'astre universel
Qui dévore le sel,

Il repose immobile
Sur l'Etre indélébile
En voluptés habile.

22 septembre 1994

1 Var. : Aux rires du fripon

TALISMAN

La neige noire
Tombe sans gloire
Dans l'écritoire

Les aurores du grand Nord
Précipitent leur effort
J'écoute le son du cor.

La neige rouge
Emplit le bouge
Comme une gouge.

Les musiques vénérées
Bercent le coeur des forêts
Où l'aurore disparaît

La neige verte
Dans l'ombre ouverte
Chante sa perte

J'ai trouvé le talisman
Dont l'irréductible aimant
Bouleversera l'Amant.

22 septembre 1994

L'ARCHER

La montagne de Pilate
        Eclate
Comme une sombre cantate

Je monte vers le péan
        Géant
Que murmure l'océan.

La nuit pleine de mystères
        Déterre
Un fabuleux cimeterre.

Avec cette arme sacrée
        Je crée
Une oréade nacrée.

Le farouche crépuscule
        Recule
Devant l'obscur tentacule.

J'admire sur mon rocher
        L'Archer
Dont la flèche m'a touché.

23 septembre 1994

TAMBOURIN

Une merveilleuse auréole
Allonge ses bijoux de feu
Sous le paroxysme d'Eole
Qui bouleverse l'oiseau bleu.

L'équilibre parfait s'émeut
Le tigre des lointains miaule
Il a senti le camaïeu
Qui scintille à l'ombre du saule.

Je médite dans le désert.
Ma fantaisie est un laser
Qui pénètre toutes les âmes

Je vogue dans l'incorporel
Les turbulences de Cosmiel
Frappent le tambourin des femmes.[1]

23 septembre 1994

1 Var. : Frappent le tambourin des brahmes.

LE PHARAON

Sous le soleil levant
Le pharaon vivant
Menace les savants.

Il leur dit : « Vos fronts louches
Font protester les mouches
Et se taire nos bouches.

Vous oubliez Platon
Dont le magique ton
Révèle un Phlégéton.

Vous oubliez Plutarque
Qui porte dans sa barque
Les radieux monarques.

L'origine des mondes
Aux parousies fécondes
Détruit toutes vos sondes

Eveillez-vous enfin
Pour que les séraphins
Vous ouvrent les confins ! »

23 septembre 1994

LES AILES

J'avais des ailes autrefois
Je visitais les fiers clochers
Plus haut que le pennon des rocs
Parmi les cieux effarouchés.

En vain les plus malins archers
Voulurent briser mes exploits
Je dédaignai les lourdes croix
Toutes gluantes des péchés !

Mon désir était de nicher
En dépit des austères lois
Dans le sourire de Psyché

C'est là que l'on trouve le Soi
C'est là que vibrent les ruchers
Du cosmos je veux m'arracher !

24 septembre 1994

LES ROSIERS BLANCS

La ville de la Nuit était pleine d'aurores.
Les cerfs d'or circulaient sous les frais sycomores
Le tambourin des oréades grelottait
La main de Confucius caressait Astarté.
Je rôdais à travers les merveilles discrètes
Les errants du désir gonflaient leur rouge crête.
Une pâleur de feu révulsait les hivers
L'avatar consultait le second univers
Le rosier blanc vibrait en rouges hirondelles
L'archer de la démence avait Dieu pour modèle
L'horreur de l'impalpable ouvrit un troisième oeil
Le rosier blanc des morts montait en cris d'orgueil
La volupté des purs se figeait sur le seuil.
Le clavecin des fées réveillait l'octaèdre
La complainte de Faust épouvantait les cèdres.
Je demeurai vivant dans l'éternel trépas[1]
Mon septième oeil brillait parmi les catalpas.

Couvre-moi de ton ombre, immense Tsong-Kha-Pa !
Dans l'obscur Floréal, j'ai imprimé mon pas !
Dans l'impalpable éther je prendrai mes repas.

26 septembre 1994

1 Var. : Je demeurai immortel dans l'éternel trépas

SOUFIS

Les rires du couchant
Les sanglots de l'aurore
M'offrent d'un Dieu trichant
L'insupportable amphore.

Est-il bon ou méchant
Le Maître de la flore ?
Je vais toujours marchant
Vers Lui qui s'évapore.

Je contemple au travers
D'une émeraude ardente
L'épouvante du Dante.

Est-il bon ou pervers ?
Mon rêve se confie
Au flambeau des soufis.

26 septembre 1994

XANTHIPPE

Le mendiant Xanthippe
Sage platonicien
De son regard dissipe
Les ouragans anciens

Il trône sur le cippe
Du rouge vénitien,
Il porte vos tulipes
Subtils platoniciens !

Dans la nuit sans frontière
Il brise la matière
Au profit de l'idée,

Et sa vision suprême
Infuse au ciel extrême
La lumière insondée.

26 septembre 1994

L'ETANG

Celui qui n'aime pas Hugo
N'est plus qu'un étang qui miroite
Parmi les blêmes escargots
Au creux d'une vallée étroite.

Son âme effarée reste coite
Comme un déplorable nigaud
Le Destin au fond d'une boîte
Enferme ce triste dingo.

Il déshonore le matin
Le feu des cieux en lui s'éteint.
Combien faudra-t-il d'existences

A ce lamentable insensé
Avant de se sentir lancé
Dans l'inévitable cadence[1] ?

27 septembre 1994

1 Var. : Vers l'oeil clair de la Providence ?

POETES...

Du fond des horizons,
Soyons heureux ! Lisons.

Que de poètes saints
Entonnent les buccins !

Aux magismes pareils
Ils sondent les soleils.[1]

Rien ne peut arrêter
Leur vol illimité.

Ils invoquent, sereins,
Les grands aigles marins.

Le refrain d'Obéron
Réveille les hérons.

Mes yeux se sont ouverts
Pour d'autres univers.

27 septembre 1994

1 Var. : Ils brodent les soleils.

AURORA

Le monde éblouissant
Dans mon être descend.
Sous le frisson des choses
Vont les apothéoses.

D'innombrables passants
Font l'éternel encens
J'entends rire les roses
Chastes métempsycoses.

Ma volupté s'accuse
D'adorer Syracuse
Le Bien est triomphal.

Les grottes de Fingal
S'exhalent dans l'aurore
Où l'âme s'évapore.

27 septembre 1994

GLADYS

Du fond sacré des âges
Montent d'amples images
La mystique Gladys
A vu la gloire d'Is.

Le tambour des rois-mages
Sonne dans vos plumages
Oiseaux de purs lapis
Tendus comme des lys...

En des printemps sans terme
Vous répandez vos germes
Au souffle du mental,

Votre candeur épanche
Des millions d'ailes blanches
Dans l'amour triomphal...

27 septembre 1994

CHANSON

Le rire du soleil
Les larmes de la lune
Et les couchants vermeils
Composent ma fortune,

Dans un demi sommeil
Je déchiffre les runes
Dont les sombres conseils
Emerveillent la dune.

J'erre comme un banni
Dans l'azur transfini,
Quelle heure étrange meurt ?

L'inconnu des rumeurs
A l'arc-en-ciel s'unit
Le Sage me bénit...

28 septembre 1994

VICTOR HUGO

Ne pas aimer Victor Hugo
C'est descendre jusqu'au dingo,
Ce chien mordilleur de hasards
Qui hulule sous les blizzards.

C'est nourrir un pesant ego
C'est habiter les vieux puisards.
C'est ignorer Goethe et Ronsard
Réunis dans le seul Hugo.

J'écoute de lointains tangos
Lorsque je lis Victor Hugo
Je recommence Eléazar,

Je goûte un céleste Mozart
Dans les chants de Victor Hugo.

29 septembre 1994

PARSIFAL

L'ombre du Janicule
Fait frissonner Hercule,
Devant l'énorme seuil
Je brandis mon orgueil.
Combien de héros fauves
Ont peuplé ces alcôves !
Les géants ont tenté
La bleue éternité.
Une pure étincelle
Brûle les neuf Pucelles.
Les yeux fiers de Simon
Illuminent le Mont.
L'immortelle fontaine
Murmure un chant d'Athènes,
L'avatar triomphal
Se nomme Parsifal.

29 septembre 1994

ROME

Pour les plaisirs de Rome
Sous des voiles sanglants
Les tigres et les hommes
S'affrontaient en hurlant.

Des milliers de fantômes
Croisent leurs yeux brûlants,
La gloire de Lithome
Irradie ses élans.

Trimalcion lui-même
Récite des poèmes
Dans les vomissements,

La pâle ignominie
Mêle son ironie
Au rouge firmament.

29 septembre 1994

L'AUBERGE

Combien de jeunes vierges
Ont souri dans tes bras
Magicien des cierges
Qui ne s'éteignent pas ?

La vie est une auberge,
Satan prend ses repas
Sous ses rideaux de serge,
J'ouvre mon noir compas.

La volupté des germes
Ecrin de flamme enferme
La colère des ifs,

Les rudes philosophes
Egrèneront leurs strophes
Sous les astres pensifs.

30 septembre 1994

HASARD

Le Hasard m'a frappé
Sans pouvoir me dissoudre
La redoutable épée
Désagrège sa foudre,

Une triste épopée
Ne pourra pas m'absoudre
Sa blême mélopée
Vole, en sinistre poudre...

Ce pathétique jeu
S'effeuille dans le feu
La gloire est décevante...

Je brandirai sans fin
Pour le clair séraphin
La vérité vivante.

2 octobre 1994

AUTELS

Le hasard pesant des autels
M'offre trois ennemis mortels,
Un évêque inquisitorial
Voué aux profondeurs du mal,

On m'apporte un Judas femel,
Dans les abîmes pêle-mêle,
Puis gronde un délire claustral
Au-delà du fantôme astral.

L'âpre démence qu'accompagne
L'ironique rumeur des bagnes,
Les fantasmes de l'oiseau Rock,

Me frappent de leurs lourds estocs.
Les vastes replis de la ruse
Seront déjoués par nos muses.

2 octobre 1994

PORTIQUE

Un portique moresque
S'éleve dans les airs,
Ouverture dantesque
Du palais des éclairs.

Quelle sublime fresque
Digne des temples khmers
De ses bleues arabesques
Multiplie ses concerts ?

L'écume du flot noir
Clame son désespoir
Sous le choc des baisers !

Contemplez, purs poètes
Le vol des gypaètes
Dans le gouffre embrasé.

3 octobre 1994

LA MAIN

Une femme, à genoux
Devant son jeune amant,
Offre d'un geste fou
L'oeuf doré du serpent ;

Un parfum se répand
Sous les grands arbres roux
Tandis que l'oegipan
Se cache dans son trou.

Eros d'un air narquois
Vide tout son carquois
Contre le songe humain.

Une invisible main
Entourée de halos
Fait sonner son grelot
Sur l'éternel chemin.

3 octobre 1994

LE PANACHE

Un panache fantasque
Se dresse sur son casque
Ainsi qu'une tarasque,

L'azur désespéré
Habite les forêts
Où chante un minaret.

Une nymphe légère
A foulé la fougère
Le couchant s'exagère.

La triste Eléonore
S'habille d'ambre et d'or
Pour écarter le sort,

Mais dans la nuit s'envole
L'infaillible auréole.

3 octobre 1994

LES QUAIS

Le Bien est triomphal
Les grottes de Fingal
S'exhalent dans l'aurore
Où l'âme s'évapore.

Avril ouvre son bal
Je supprime le mal,
Dieu me sourit encore
J'aime la mandragore.

Je me prends en pitié
Le soleil tout entier
Glisse dans mon coeur chaste,

Je vais, prêtre masqué,
Chercher le long des quais
Une clarté plus vaste.

3 octobre 1994

LE CROMLECH

Le cromlech qu'autrefois
D'intrépides gaulois
Virent dans la clairière
Pleure des pleurs de pierre.

Près des sombres rivières
Les voluptés guerrières
Ebranlent les parois
Qui brisèrent la croix.

Maintenant il compose
Des souvenirs moroses
Pour exalter le coeur,

Mais leurs rudes paupières
Sont comme la crinière
Des lendemains vainqueurs.

4 octobre 1994

IDEE

Quand je m'élève
La nuit s'achève
Car l'ombre rêve,

Je vais rôder
Par l'insondé
De l'ample Idée.

Une palombe
Rouvre les tombes
Des catacombes,

Les oiseaux-mouches
Baisent la bouche
Des cieux farouches,

La blême sphinge
Dans la syringe
Trempe son linge...

De ma fenêtre
Je vois renaître
L'Unique ancêtre
L'Etre des êtres.

5 octobre 1994

FORET

Quand on veut une chose
On bâtit son contraire,
La rouge odeur des roses
Vise l'écrin polaire.

Dans mon apothéose
L'Ombre est triangulaire,
La bleue métempsycose
Epanche sa colère.

L'inutile aventure
Reconstruit sa structure
Sous l'oeil de l'ignoré,

Dans le ciel je m'envole,
Ma fabuleuse étole
Rassemble la forêt.

5 octobre 1994

LES GANGES

Ce dimanche transcendantal
Provoque Pépin d'Héristal,
J'aspire l'odeur du santal,

Car l'intense paresse
Qui toujours nous oppresse
Mêle ses sombres tresses.

Les bizarres luxures
Forment d'âpres structures
Quand la nuit nous rassure...

J'ai pour monture
Les arcs-en-ciel
Dans la mâture
De l'irréel,

Sur ma tignasse d'ange
Le baiser se mélange
Je fais vibrer les Ganges !

5 octobre 1994

TEMOIN

La lumière est un grain
D'où naissent les soleils,
L'infini nous restreint
L'absolu nous enferme.

L'astre habite nos reins,
Le doute qu'on étreint
Perce nos épidermes,
Guettons les grands réveils !

Le sable et la citerne
Dans l'ombre blême alternent,
La folie me saisit
Je vogue en pleine Asie.

Parmi les pâles sphinges
J'émerveille les singes
Dans leur tombeau dormant,
Je suis le talisman...

Le roman de la Rose
Pour moi se recompose
Chrétien de Troyes me plaît
Jouant aux osselets,

Le spectre autodidacte
Renouvelle le pacte,
Je m'envole plus loin
Que les génies témoins.

6 octobre 1994

ELEPHANTINE

La Lune, oiseau de nacre,
    Consacre
Les diamants du sacre

Le joueur d'olifant
    Défend
Les rires de l'enfant.

Ma superbe tunique
    Explique
Le songe évangélique

Les boucles de la Nuit
    S'enfuient
Dans la stupeur des fruits.

Sur la douleur divine
    J'incline
Les chants d'Elephantine.

L'éclat du Stromboli
    Relie
Sapience et folie.

6 octobre 1994

LE SECRETAIRE

Quand l'ouragan secoue une montagne, il met
La marque de la foudre au plus hautain sommet.
Il déracine l'hydre aux mille voix obliques :
Il s'appelle Luther, ou Voltaire, ou Jamblique.

La nuit ne pousse plus où son glaive a poussé,
Le fanatisme autour de lui tombe, cassé.
De ses quatre-vingts ans vingt siècles se souviennent
Sa respiration fait reculer l'hyène.

Et c'est l'immense honneur d'un village mortel
Que d'avoir engendré ce surhumain autel.
Il transforme en épée l'effrayante ogdoade.

Il crée en se jouant une nouvelle Illiade.
Il transfigure tout l'onde comme le feu
Il est le secrétaire éblouissant de Dieu.

9 octobre 1994

ABEILLES

Le calme de l'éther
Se pose sur mon âme,
L'étoile Jupiter
Me verse ses dictames.

La sanguinaire Esther
Ourdit ses noires trames,
Au milieu des asters
Ta volupté m'acclame.

L'espace avec le temps
Comme d'âpres titans
Font sonner leurs armures

Abeilles, vous jetez
Dans l'unique clarté
Votre éternel murmure.[1]

9 octobre 1994

1 Var. : L'innombrable murmure...

LANTERNE

Je promènerai ma lanterne
Près de l'amoureuse citerne
Sous le vol forcené des sternes.

Le morne chant des capucins
Enerve l'attente des saints
Mais l'espoir sonne ses buccins.

Une miraculeuse flore
De sa turbulence colore
Le tigre noir de Singapore.

On peut dire éternellement
Que les invisibles imans
Habitent notre firmament.

D'insupportables javelines
Etincellent sur les collines
Je bois l'extase sibylline !

10 octobre 1994

RUMEUR

L'inconcevable rumeur
Meurt,
Le parfum noir des corolles
Vole,
J'emprunte vos ostensoirs,
Soirs !
Soufflez-moi tous vos vertiges,
Tiges
Qui marquetez de parfum
L'Un !
J'admire vos élans fourbes
Courbes
De la mer aux flots neigeux,
Jeux
Dort la redoutable trombe
Tombe !
Vous entrelacez vos choeurs,
Coeur !

10 octobre 1994

LES RESSUSCITES

Je m'en irai dans les soleils
Pour dépister le Sans Pareil

Je m'en irai dans les étoiles
Pour retrouver l'âme idéale.

Je m'en irai dans le printemps
A la recherche de l'Instant.

Je m'en irai dans les espaces
Pour contempler l'Unique Face.

Je m'en irai dans l'infini
Comme le carillon des nids.

Je m'en irai dans l'aube énorme
Pour revêtir toutes les formes.

Je m'en irai dans la cité
Où vivent les Ressuscités.

10 octobre 1994

L'ELEMENT

J'avance dans la nuit
Dont la noirceur redouble
Malgré le sombre ennui
De ma prunelle trouble

Un vol démon me nuit.
La mort au mal s'accouple
Mais l'astre de minuit
N'est qu'un abîme souple

La volupté suggère
L'ombre qui s'exagère
A vouloir le comment.

Mon regard entrevoit
La tortueuse voie
Du parfait élément.[1]

10 octobre 1994

1 Var. : Du suprême élément.

REGARD

Il faut réunir l'Orient à l'Occident
Pour retrouver la gloire âpre du décadent
Quand on touche le sarcasme bleu des formes
Il faut s'attendre à retrouver la rose énorme
Elle se cache comme un farouche serpent
Mais son roulis amer sur nos fronts se répand
Elle scintillait même avant les origines
Dans le sourire éblouissant de l'Androgyne
Quand l'homme épouvanté jette ses cris hagards
L'Eternel nous répond par son joyeux regard.

10 octobre 1994

L'AME DES NUITS

L'esprit humain s'élève
L'esprit divin descend,
Je touche de mon glaive
Le centre éblouissant,

Un tourbillon de rêves
A m'emporter consent !
Le torrent de la sève
S'impose adolescent...

Dans sa tragique armure
L'âme des nuits murmure
Elle gambade et meurt
En subtile rumeur

Tandis que la faunesse
Retrouve sa jeunesse.[1]

11 octobre 1994

1 Var. : Retrouve sa liesse

LA TOUR

Sur la tour aux corneilles
Dansent les mers vermeilles

Leurs profonds souvenirs
Evoquent les menhirs

L'ouragan qui frissonne
Est-il une personne ?

Les géants aux trois yeux
Sont les sommets joyeux,

Ils méditent ensemble
Sous les feuilles du tremble.

Les volcans grenadins
S'éveilleront soudain

Et les antiques sages
Gronderont leurs messages...

11 octobre 1994

AGRANDISSEMENTS

Agrandissons l'espace
Nous trouverons la Face,

Agrandissons le temps
Nous briserons l'Antan,

Agrandissons l'Atome
Nous lierons les fantômes,

Agrandissons le ciel
Nous trouverons Cosmiel,

Agrandissons l'Histoire
Nous aurons l'Ecritoire,

Agrandissons le mot
Nous briserons les maux,

Agrandissons l'errance
Nous trouverons la danse,

Agrandissons la Mort
Nous trouverons l'Essor.

11 octobre 1994

FEMMES

Eclatante Néfertiti,
Le Nil superbe est ton hostie,
Diotime de Mantinée
Le magisme t'a couronnée,
Corinne, en face de Pindare,
Tu braves la lune barbare,
Inégalable Blavatsky
La grâce est ton pays conquis,
Zorah, tu portes sur la tête,
Les initiations stupéfaites,
La sagesse antique, ô Besant,
T'ombre de son parfum grisant,
La mer aux ailes innombrables
Sapho t'a prise en son retable,
Jeanne d'Arc de flamme coiffée
Tu écoutes le chant des fées,
Myriam la mère de Jésus
De Dieu ton rayon semble issu
Comtesse Desbordes Valmore
Les éblouissements te dorent
Car la femme brille au travers
Des fantastiques univers.

11 octobre 1994

SPLENDEUR

Dans la lueur des forges
Chantent les rouges-gorges,
Le milieu de la mer
M'offre ses fruits amers.

Le sein de Cléopâtre
Hante les nuits du pâtre
Les mages d'Eleusis
Rêvent devant Isis.

Ma main voudrait écrire
La valse des lampyres,
Parmi les émailleurs
Je suis toujours ailleurs.

Rechercheur du grand couple
J'explore une vie double
Je monte, pur prophète,
Dans la splendeur parfaite.

12 octobre 1994

DIANE

Diane Trismégiste
Que ta force m'assiste !
Je suis un exorciste
Je chasse devant moi
Les complices du roi,
Le ciel niche en mon toit !

Toute gloire se fane
Dans ma nuit diaphane :
J'écoute les profanes !
Je démembre la faulx
Du prêtre à l'esprit faux
Je suis l'ardent gerfaut

La liturgie atteste
Le triomphe céleste
De mon éternel geste.
Les temples de Louqsor
Ont triomphé du Sort.
Le lys éternel sort !

12 octobre 1994

LA REINE

La véritable reine
Sous le ciel rutilant
Reste toujours sereine
Malgré les goélands.

Les vêtements du Mage
Brillent de cent couleurs
Ils incarnent l'image
De l'incroyable Ailleurs.

Aux marges des doctrines
Plane le noir condor,
Leur haleine marine
Ouvre les corridors

Les mariages d'étoiles
Engendrent l'épopée
Des roses idéales
Dans le Verbe trempées

J'apporte le délire
Des brisements obscurs
Les cordes de ma lyre
Dépassent l'ample azur.

12 octobre 1994

DIAGRAMME

Versons le diagramme
Sur le rite officiel !
L'universelle trame
Déserte l'arc-en-ciel.

Ensemble nous aimâmes
Le rire essentiel,
Un prytanée réclame
L'azur torrentiel !

Joignons les paroxysmes !
Nous acclamons les schismes,
Pères des créateurs.

Mouvement ou repos ?
Les yeux épiscopaux
Charment les Rédempteurs !

13 octobre 1994

LES GNOMES

A travers le subtil anneau
Je fais passer toute sa robe !
Comme le magique Bruno
La félicité se dérobe.

Sur les innombrables coraux
Je mélange le soir à l'aube.
Les prestiges médicinaux
N'ébranlent pas les lourds microbes.

Sur le délire pur du mont
Nous éloignerons les démons
Qui ne sont qu'ombres et fantômes

Nous, les destructeurs de Moloch,
Relèverons à coups d'estoc
Le bal éblouissant des Gnomes !

13 octobre 1994

LE DECOR

Embrasé
De baisers
Je m'étonne
Que l'automne
Nous chantonne

Descendant
D'Eridan
L'Occident
Est l'autel
Immortel

L'aventure
Des matures
Nous fait boire
La victoire
Des nuits noires.

Mais le fou
Pâle et doux
Monte encor
Le décor
De ton corps...

13 octobre 1994

DEPOUILLEMENT

Je suis la source desséchée
Le feu éteint
La maison abandonnée

L'armée en déroute
Le pâtre ayant perdu la foi
Le vieillard sans sérénité

Mais toujours je vis en Dieu
L'Eternel Amour
Et la parfaite Sagesse...

Chantez vous cieux
Et vous planètes sans nombre
La Joie illimitée m'environne !

14 octobre 1994

LE SOUPIR

Tandis que l'horizon libère
Tous ses fantasmes fabuleux
La grande chanson des Berbères
Emerveille les aigles bleus

L'escalier des couchants s'obère
Dans des mirages onduleux
Car le magisme réverbère
Le frisson des lutins frileux.

De rubis mon regard s'irise
Le chorégraphe de la brise
Comme un vieux pèlerin gémit.

Mais je caresse Eléonore...
Dans le soupir du ciel ami
Le surnaturel veut éclore...

16 octobre 1994

GRANDS POETES

Les grands poètes sont
Des cathédrales d'astres,
Ils brodent les frissons
Sur Dante et Zoroastre

Epopée ou chanson
Leur triomphant désastre
Dans l'ombre où nous glissons,
Esquif braise, s'encastre.

Leur tiare de feu
Impose le grand Jeu
Sur les rumeurs exquises

Ils montrent aux mortels
La gloire des autels
Dans le coeur des marquises.

17 octobre 1994

LA PRINCESSE

Paris ressuscité
S'emplit de liberté,
Le cri de ces blasphèmes
Etonne Polyphème...

Mon ciel prodigieux
Fait pleurer tes beaux yeux !
Entends le Te Deum
Qui chasse un géranium

Voici le Dieu sévère
Protecteur des trouvères,
Il offre le flacon
Au bec noir du faucon,

Le rire de Melville
Découvre une autre ville !
L'éblouissant vitrail
Rénovera l'émail,

L'ignorance des papes
Epouvante leur chape
Tu lis dans les esprits
Ton regard m'a compris

La bête trop savante
De sa crête m'évente.
Le feu déliquescent
Vers le soleil descend

Mais je monte sans cesse
Pour la fière princesse.

17 octobre 1994

DRYADES

Je chevauche l'arc-en-ciel
Je prends la rouge crinière
Des rayons surnaturels,
Je suis l'âme aventurière !

Roi des sombres condottieres
Je m'impose aux clairs pétrels
Je hante les cimetières,
Je distille un âcre miel.

Là bas parmi les écumes
S'éteint l'astre où nous vécûmes
Les avettes vont nicher
Dans le gouffre des clochers

Mais l'infini me tourmente
J'offre un éternel bouquet
Aux dryades mes amantes.

17 octobre 1994

ECHOS

L'émeraude
Rode,
La houri
Rit,
Le lapin
Peint,
La guinguette
Guette,
La citrouille
Rouille,
La rumeur
Meurt.
Le bucrane
Crâne,
Le fini
Nie.
Tu me perces,
Herse !
L'art profond
Fond,
Je déflore
Flore !
La nuit folle
Vole,
Ma pirogue
Vogue
Sur l'azur
Pur...

18 octobre 1994

LE GRIFFON

Dans mon petit journal
Qui connaît les secrets
Je cherche le fanal
Des printemps empourprés ;

La gloire est le signal
Des éternels beauprés,
Avant est-il après ?
C'est un point doctrinal.

J'emploie la sombre algèbre
A célébrer les guèbres,
Je suis le fier griffon.

Les divins équilibres
M'offrent leurs mondes libres,
J'explore un dieu sans fond...

20 octobre 1994

ANTEE

La liturgie s'allonge
        Qui plonge
Ainsi qu'un cormoran
        Mourant...
Une antique sirène
        Se traîne
Sur le tranquille bloc
        Du roc,
La douceur de la brise
        Se brise
Au redoutable fiel
        Du ciel
Je regarde descendre
        La cendre
Qui tombe épouvantée
        D'Antée
Sous l'éclatante lune
        Des runes.

20 octobre 1994

LA STROPHE

Sur le sombre rocher
Mon rêve s'est couché,
Une hirondelle plane
Dans l'azur diaphane...

Pleine d'un feu caché
Sous les hautes lianes
Impassible Diane
Déshabille Psyché

La délirante flûte
Contre le tambour lutte,
L'onyx et le rubis
Constellent mes habits,

L'esprit clair philosophe
Sculpte l'immense strophe.

21 octobre 1994

BEATRICE

Merveilleuse Inspiratrice
Béatrice
Je guéris ta cicatrice !

Rien n'est hors de mon pouvoir,
Je sais voir
Ce que l'Etre a de savoir.

La splendeur universelle
Qui ruisselle
M'éblouit de ses ocelles.

Le caprice sans égal
De Fingal
Va devenir mon régal.

Dans ton innombrable ruse
Aréthuse
Je suis le maître des muses.

Je suis l'éternel archer
Qu'a touché
Le murmure des ruchers.

21 octobre 1994

LE SOURIRE D'HELENE

Enfant de l'Hélicon
Je vis dans un cocon,
La gloire est mon balcon !

La fine pluie qui tombe
Rassure les palombes,
Je console les tombes...

Je suis le Bleu divin
Qui calme les sylvains
Dans le bois des devins,

Les phrases sibyllines
Flottent sur les collines
Aux nuées opalines.

L'ombre des noirs castels
Rassure les autels
Du feu sacramentel,

Sous les regards d'Hélène
Mes ailes de phalène
De sourires sont pleines...

22 octobre 1994

L'HERMITE

Le néant
Souriant
Va créant
Des géants,

Car le Vide
Chrysalide
Pour Ovide
Est avide

D'infini !
L'ironie
Du génie
Nous bénit.

Seul l'hermite
Illicite
Ressuscite
Aphrodite,

Jupiter
Dieu Sôter
Baise Esther
Dans l'éther,

Pythagore
Ignivore
Nous colore
De phosphore.

Ici vint
Le Sylvain
Fou divin
Des ravins,

Je m'étale
Noir crotale
Sur la stalle
Des pétales.

22 octobre 1994

LA TIARE

Les hauts poèmes sont
Les vêtements de Dieu,
Leurs puissantes leçons
Fixent l'éternel feu,

Ils ouvrent le grand jeu
Des fruits et des glaçons,
Je suis le nourrisson
De leur sublime Je.

L'ultime sortilège
Transforme l'alme neige
En sombre mélodie,

Rachetons les maudits
Pour que l'Etre se pare
De leurs hautes tiares !

22 octobre 1994

LE BARBARE

La bécasse
Qui jacasse
Me tracasse,

Elle étreint
Le burin
Des marins,

Elle mure
Vos murmures
O, ramures.

Moi, je fuis
Dans les puits
De la nuit...

Je prépare
Solfatare
La guitare
Des barbares

Pour ouvrir
D'un soupir
Le menhir
De saphir.

22 octobre 1994

CALATRAVA

L'antique histoire
Incantatoire
Fera ma gloire.

L'étrange fée
Que j'ai griffée
Est mon trophée,

Le matamore
Des sycomores
Chante Zamore,

Calatrava
Toujours rêva
Pour la diva.

Moi, je retrouve
Parmi les douves
La jeune louve,

Ainsi la rose
Métamorphose
Se recompose.

22 octobre 1994

LES PORTES

Quel est le fond des choses ?
Quel est le point final ?
Dans les métempsycoses
Sait-on le port claustral ?

Le mystère se pose
Comme un oiseau fatal.
La torture est éclose
Sur son noir piédestal

Vers le couchant d'automne
Ma folie s'abandonne
A l'ouragan des mers

Dieu voile ses yeux clairs
Mais le maître des portes
Dans l'amour nous transporte !

23 octobre 1994

LE RIRE

Je plonge au fond de mon coeur
Le rire du ciel moqueur
    Tout me fuit.
Le point d'appui s'évapore
    Dans la nuit.
Le désespoir veut éclore
L'éclair éternel a lui
Le chapitre veut se clore[1]
    Fou d'ennui.
Un âpre désir s'instaure
    Sous les puits
Mais l'absolu se restaure
L'azur triomphal me suit.

23 octobre 1994

1 Var. : Le chapitre doit se clore

NIRVANA

Seul l'amour divin est parfait,
Pour nous pauvres fils de Japhet
Le désir s'habille de fange
Et le dragon se mêle à l'ange.

Je subirai jusqu'à la mort
Le lourd ennui d'avoir un corps,
Mais après je m'envolerai
Jusqu'aux étoiles inspirées.

Le doux miroir de sainte Claire
Sera l'axe pur des tonnerres,
Je m'élance indéfiniment

Jusqu'au Paradis des amants,
Là ou le remords se délite
Dans le Nirvana sans limite.

23 octobre 1994

DEBOUT

Je suis le nécromant
Des îles Andaman,
J'offre le talisman.

L'arbre secoue ses moires
Au clair des promontoires
Dans le vent des victoires,

Je brise le tréfonds
Des abîmes sans fond,
Je monte les griffons ;

Je réclame un salaire
C'est le baiser polaire
Des joyeuses colères.

Les formidables eaux
Donnent le pur réseau
Qui charme les oiseaux,

De l'un à l'autre bout
L'impénétrable boue
Mon esprit est debout !

23 octobre 1994

LA COLOMBE

J'ai percé la folie
Pour trouver la sagesse,
Le noir cheval d'Elie
M'a jeté son ivresse,

L'éternelle caresse
De Rome et de Kali
Dans son double roulis
Azure ma tendresse.

Le point fondamental
Atteint le surmental,
L'homme en Dieu toujours tombe,

Mon oeil vertigineux
A dénoué les noeuds
De l'insondée colombe...

23 octobre 1994

SIVA

Quand je m'éveille
J'entends l'abeille,
Quand je m'endors
J'ouvre un ciel d'or,

Parmi les treilles
Dans leur essor
Ma triple oreille
Entend les morts.

L'ombre me grise
De sa hantise,
Le sphinx s'en va
Trouver Siva,

Je me délite
Hors des limites
Et je m'azure
Hors des mesures !

24 octobre 1994

HIVER

L'hiver noir se penche
Sur les avalanches,
Il rit à travers
Le pur rayon vert,

La lumière blanche
Danse dans ses manches,
L'éternel envers
Trame un ciel pervers...

J'avance quand même
Malgré les blasphèmes :
L'ombre m'a griffé

J'écoute en extase
La superbe phrase
Que soupire Orphée...

25 octobre 1994

SAINT DIDIER

J'ai psalmodié
O saint Didier
L'air irradié
De pressentir

Mon songe t'évoque
Sous la lune glauque
Aux reflets saphir
Pleins de repentir.

La tour des corneilles
Mon songe réveille
Elles sont pareilles
Aux mages de Tyr.

Dans la folle avoine
Bondissent les moines
Que j'aime investir
De mon clair soupir.

Pourtant tu te dresses
Sombre dogaresse
Sous la blonde tresse
Des pâles zéphyrs.

25 octobre 1994

L'ESPRIT PUR

L'esprit pur descend
Ainsi que la foudre,
L'arbre adolescent
Voudrait nous absoudre.

Le soir bleuissant
Ne peut se résoudre
A briser l'absent
Il faudra recoudre !

Dans les hyménées
L'éclair nouveau né
Brave les furies,

Mon âme s'avance
Dans la connivence
Des noirs colibris.

26 octobre 1994

LE CALICE

La sublime marche
Du ciel patriarche
Déroule son arche.

Sa rumeur s'éteint
Dans le cri lointain
De ses verts lutins.

La déliquescence
Redevient l'essence
De la connaissance,

L'un des douze pairs
Arrondit l'impair
Où le ciel se perd.

Le géranium
Aime l'opium
Du clair Te Deum,

Flamme, je me glisse
Dans le pur calice
Des folles délices.

26 octobre 1994

PAVOTS

La senteur des pavots
Endort l'orgueil du tigre
Et des furieux chevaux
Quand le héron émigre,

L'Euphrate avec le Tigre
Sont deux géants rivaux
Mais le soleil dénigre
Leurs fabuleux travaux.

Ainsi que la mitraille
J'enfonce les murailles,
L'abîme en vain me raille...

Vers la rumeur des songes
Le ciel fou se prolonge,
Dans l'inconnu je plonge !

26 octobre 1994

ROSA

Au bord de l'infini
Je m'accoude en riant,
Mes blêmes insomnies
Ont un oeil flamboyant,

L'éclat de mon génie
Jette un feu tournoyant,
S'évapore la vie
Par des jeux ondoyants.

La flamme sépulcrale
S'adoucit en spirale,
La salamandre meurt...

Ecoute la clameur
Qui prend mon coeur pour cible,
La Rose est invincible.

26 octobre 1994

LE SONGEUR

Le songeur aime
Les théorèmes
Indéfinis,

Sa flamme torse
Frappe l'écorce
Des rudes nids.

Tout se transforme
Hors de la forme
Dans le réveil,

Là se dandine
Une églantine
Sous mon orteil...

Ta cantilène
Sublime Hélène
Mange mon coeur,

Je me dilate
Maître écarlate
En Dieu vainqueur !

27 octobre 1994

VERITAS

Les vérités superbes
Sont la dernière gerbe :

Elles offrent aux sens
Un merveilleux encens,

Comme les hirondelles
Ouvrent des millions d'ailes

Délions nos pensers
Dans la gloire élancés !

Les libres flots du Gange
Reflètent les archanges,

Les hymnes décadents
Brandissent les tridents

De la force opaline.
Notre songe devine

Le feu des avatars
Que reconnaît Ishtar

Quand ses doigts magnétiques
Touchent les fronts mystiques.

27 octobre 1994

PAGODE

Une transcendante pagode
Que la face du Seigneur brode
Dresse sa valse d'émeraude

Parmi les puits extravagants
La volupté jette son gant
A la face des ouragans.

La mélopée du sombre artiste
Dans la bouche de Jean-Baptitste[1]
Jette une ferveur d'améthyste.

Une chimère de corail
Parmi les profondeurs du mail
Evoque l'éclatant sérail.

Le tendre parfum de ta bouche
Où la mirabelle se couche
Apprivoise les oiseaux-mouches.

27 octobre 1994

1 Var. : Sur les lèvres de Jean-Baptiste

PARAMETRE

Le vide a créé l'infini
L'infini créa la lumière
C'est la réalité première
De tous les soleils rajeunis.

Je suis le triomphal banni
Des fantasmagoriques pierres.
Les astres dressent leurs crinières
Le réel au rêve s'unit.

Mon espérance s'amenuise
Dans les clairs miroirs de Venise
Je suis tacheté de folie,

Le néant pose son roulis
Dans les profondeurs enfantines
Mon paramètre se mutine.

27 octobre 1994

FLORE

Le merle persifleur
Se moque de ta fleur,
Ne versons pas de pleur...

La magique racine
Dans l'azur se dessine,
Sa ferveur m'assassine.

Je vais deci delà
A travers les lilas
Dans l'ombre des cellas,

Sur ma loge amarante
La vierge délirante
Se prend pour une orante,

Le pâle sacristain
Bercé par son latin
S'endort vers le matin.

Le parfum de la flore
Qu'aspire Eléonore
Rêve sur sa mandore...

27 octobre 1994

TU REVIENS...

Tu reviens du fond des âges
O Mage !
Tu reviens du fond des êtres,
O Maître !
Tu reviens dans les éclairs
O Clerc !
Tu reviens du fond de Soi,
O Roi !
Tu reviens du fond des choses
O Rose !
Tu reviens du fond des champs
O Chant !
Tu reviens du fond du ciel
O Miel !
Tu reviens du fond des sphères,
O Frère !

28 octobre 1994

SIGNES

L'aurore folle
S'envole
En bleues corolles

Le lac profond
Se fond
Comme un griffon...

La nuit tenace
Amasse
Mille grimaces

Le pèlerin
Malin
S'ouvre un chemin

L'oiseau des flammes
Réclame
Un mélodrame

Dans la forêt
Se créent
Des minarets

On se résigne
Blonds cygnes
Aux yeux des signes.

28 octobre 1994

LA FEMME

Une femme a sauvé Mohamet
Une femme a guidé Jésus-Christ,
La femme est l'éternel sommet
Où se reposent les esprits ;

Le rossignol des nuits de Mai
Veut la fauvette de Cypris
Le sourire de Bréatrice
Du méchant même est acclamé.

La fabuleuse inspiratrice
Referme toute cicatrice,
Elle dilate l'inconnu...

Heureux celui qu'elle caresse
L'éclat flamboyant de sa tresse
Libère les grands soleils nus.

29 octobre 1994

L'ANTILOPE

Le soleil nous embrasse
De sa brûlante grâce
Et dore nos cuirasses.

Ton sourire Obéron
Fait chavirer Caron
Et grandit les cirons,

Parmi les mirabelles
Dansent des yeux rebelles
Tes soupirs, O Cybèle !

Dans le feu des asters
S'élève Jupiter
Cri pourpré de l'éther,

Une lumière fuse
Comme dernière ruse
Dans le sommeil des druses,

Mais l'antilope oryx
A détourné le Styx
Pour l'envol du Phénix.

29 octobre 1994

L'ART

Tu fermes ta paupière
Comme une lourde pierre,
Redoutable saint Pierre !

La fureur des combats
Gronde comme un sabbat
Parmi les djellabas,

Sur les tremblantes dalles
L'écho de tes sandales
Provoque le scandale,

Mais qu'importe, tu vas !
Dans l'ombre de Siva
Plus haut que Jéhova...

Que l'azur s'agrandisse
Pour ouvrir son calice
A la pâle Euridice

Et joyeux nous irons
Jusqu'à tes purs clairons,
Art que rien ne corrompt !

29 octobre 1994

L'AMOUR

L'amour aux lèvres de lumière
A des dents de ténèbres,
C'est la réalité première
Qui fléchit nos vertèbres,

Caché au fond de nos tanières
Il jette son algèbre
Et par rafales coutumières
Abolit les ténèbres.

Dans mes cheveux extravagants
Passe le cri des ouragans
Dont l'orgueil me vénère,

Ce colosse extraordinaire
Unit l'Evangile au Coran
C'est l'astre délirant...

29 octobre 1994

L'ESPOIR

Le ciel d'un rouge ardent
Se couche à l'Occident.
Tandis que le prophète
Contemple cette fête,

Il pense à la fureur
Des peuples pleins d'horreur
Qui couvrent de massacres
Les profondeurs du sacre.

Prêtres et talapoins
Le menacent du poing,
L'incertitude ronge
Son redoutable songe.

Il voit pourtant qu'une âme
Suffit à rénover
Les tavernes infâmes
Si elle sait rêver...

Mais la neige sinistre
Tombe sur son registre,
Qu'importe ! l'Art parfait
Sera toujours greffé

A l'arbre de l'abîme
Que le soleil ranime,
Par delà les écorces
Il lui donne sa force.

Soudain il met debout
Malgré le noir hibou
Sa démence qui bout
Ainsi que la chaudière
Des voluptés premières ;

Mais un oiseau passant
Lui dit en frémissant :
« L'azur est toujours là
Même après Attila

Et la fureur des trombes
Vénère les palombes,
L'éblouissant rocher
Est plein d'un feu caché,

L'espérance s'abreuve
A l'innombrable fleuve...
Cesse de tourmenter
Ton délire enchanté

Tu sais bien que Dieu reste
Dans l'infini céleste. »
Par delà le ciel noir
On meurt vibrant d'espoir.

30 octobre 1994

LA RENCONTRE

L'avatar triomphal observe
Le casque éclatant de Minerve,
Un méditatif veut toujours
Dépasser l'énigme des jours

Car le philosophe Clemens
Sait que l'informel ensemence
Le prophète aux yeux flamboyants
Connaît les hommes océans...

Dans l'inédit je sens éclore
Une vertigineuse flore,
L'inconsistant cri du démon
Se dissipe vers les grands monts

Car le maître fier recommence
Dans la splendeur sa spire immense
Le vaste explorateur du jeu
Marche à la rencontre de Dieu.

31 octobre 1994

APRES

Après la mort du corps
Les fous deviennent sages
Ils retrouvent l'usage
Des magiques accords ;

En effet les mirages
Effeuillent leurs records
Ainsi le son du cor
Monte jusqu'aux nuages.

C'est une vérité
Par les cieux racontée
Aux initiés suprêmes.
Brisons les théorèmes

Qui veulent revenir
Aux lourdeurs du nadir !
La main de Dieu nous sème !

31 octobre 1994

EVOLUTION

L'évolution nous mène
Dans de nouveaux domaines,
Nous sommes tout d'abord
Un impassible corps,
Ensuite nous grimpons
Par d'incroyables ponts,
Vers le cri des insectes
Que le délire humecte,
Puis le sombre animal
Nous prête son canal.
Vieux pèlerins nous sommes
Enfin le front des hommes,
Nous deviendrons demain
Des maîtres surhumains,
Mais déjà se profile
La triomphante idylle.

31 octobre 1994

LES DEUX PORTAILS

Pâques portail de l'été
Toussaint portail de l'hiver
Me semblent deux univers
Par le destin exaltés,

Leurs flamboyantes cités
Elaborent les grands vers
Que les esprits ont ouverts
Sous leur vivace clarté.

Rien ne vaut la poésie
Par les rédempteurs choisie
Pour soulever les mortels

Vers les fabuleux autels,
Car sa transcendance exprime
Les délires de la cime !

1er novembre 1994

L'ALOUETTE

Alexandre ce fils
Des rites de Memphis
Courba toute la terre,
Mais les rudes gaulois
Bravèrent les exploits
Du géant solitaire.

Ils auraient adopté
L'ardente liberté
Plutôt que le tonnerre,
L'alouette vaut mieux
Pour leurs farouches yeux
Que le faste des guerres,

Cette gloire éphémère...
Nous, leurs fiers descendants,
Nous préférons aussi
Les flambeaux d'Occident
Aux sombres conquérants,
Dieu seul nous a conquis !

1er novembre 1994

DELIRE

Je m'envole en plein délire,
Sur ma sidérale lyre
        On voit luire
Les yeux du mage Simon.

La superbe libellule
Dans l'effrayant crépuscule
        Danse et brûle,
Des voix murmurent : « Aimons ».

De l'autrefois des fantômes
Eparpillent sur les tomes
        Leurs atomes
Dans l'Eglogue à Pollion,

Le vol sombre de Schiller
Ramasse tous ses éclairs
        Dans les airs,
Une lumière m'embaume

        Et toi, Rome
Tu relies les elzévirs
        Au soupir
Pleins de magiques zéphirs.[1]

1er novembre 1994

1 Var. : Pleins de transcendants arômes...

VATICANE

Bibliothèque vaticane
Tu ricanes
Sachant bien
Les purs trésors que tu contiens,

Depuis la lointaine Atlantide,
Ensevelie sous le velours
Des flots lourds,
Tu nous guides,

Avec énergie tu racontes
Ces beaux contes
Ces torrents
Protégés par Aldébaran.

Dans les fantastiques corolles
Tu t'envoles
Vers les soleils démesurés
Du secret.

2 novembre 1994

L'ECRITURE

Par la profondeur glauque
Des rêves équivoques,
J'entrevois la splendeur
Des vastes rédempteurs...

La mer aux clameurs rauques
Dont se dresse la toque,
Et le mont plein de fleurs
Proclament les Sauveurs...

Tout oiseau qui s'envole
Nous offre une parole,
Tout animal qui court

Parmi l'âpre nature
Est la grande écriture
Du divin troubadour...

2 novembre 1994

Le coq, dressé sur l'ergot,
Brave la nuit colossale,
La femme est le fandango
Qui fait tressaillir l'étoile...

L'aube portant le fagot
Pour brûler la cathédrale
Pose le puissant argot
Des langues primordiales...

Ma fantaisie conquérante
Sourit aux robes errantes
Qui claquent dans le jasmin

Ma chanson incantatoire
Change le flot de l'Histoire
Pour semer l'Art surhumain...

2 novembre 1994

CANON

Il a perdu le nom
De sa première amante
Comme un coup de canon
Sur la mer écumante,

La flamboyante mante
Chasse l'impur démon
Un brigand se lamente
Sur le sein de Ninon.

L'ombre de la falaise
Affole les mélèzes[1]
Mais charme les géants.

Je brise le néant
Dans l'étau de mes strophes,

Je suis le théosophe
De l'au-delà géant.

2 novembre 1994

1 Var. : Erafle les mélèzes

QUESTION

Les questions que tu me poses
Ont le parfum secret des roses,
Elles réveillent dans mon sein
Les galopades du buccin.

Je dérange les grands ancêtres
Dans leurs liturgies de salpêtre,
Les pyramides du rabbi
En restent toutes ébaubies,

Et moi je rouvre la cassette
Des élémentaires recettes,
Depuis Krishna l'Eblouissant
Vers l'astre elles vont s'élançant

Pour y puiser à pleine gorge
L'âpre hydromel des rouges-gorges,
Et ton émerveillement crie

L'appel joyeux des pierreries
Et mon éblouissement grimpe
Plus haut que l'éternel Olympe !

3 novembre 1994

DEUX MAITRES

Brillent toujours deux maîtres
Pour éclairer le monde,
Un puissant paramètre
Aux tempêtes profondes.

Leur double éclat féconde
Les vastes périmètres,
Ils viennent pour transmettre
Les redoutables rondes.

Un fantasque collier
De cieux multipliés
Tremble sur leur poitrine.

Ils viennent parmi nous
Révéler à genoux
La sommité divine.

3 novembre 1994

LE CRI

Je suis le roi des Fées
De flamboiements coiffé

Je tiens mon origine
Du magisme d'Egine,

Les yeux puissants d'Odin
Constellent mes gradins

Je porte sur ma tête
Le souffle des tempêtes.

J'arrache de ses gonds
La porte des dragons

Des âmes troglodytes
Montent de mes redites.

Je note sur mes écrits
Le parfum des Houris

Je suis l'éternel cri
Des insondables christs.

3 novembre 1994

PLANETES

Le devenir des planètes
C'est de renaître soleils !

Les étoiles stupéfaites
S'arrachent de leur sommeil

Les acclamations discrètes
Accompagnent nos réveils.

L'oeuf azuré des aigrettes
Palpite sur mon orteil.

Le délire des athlètes
Est un transcendant conseil.

Le dragon des astres guette
L'inconcevable appareil

Le sanglot des clarinettes
Est le rire du méteil

Le devenir des planètes
C'est de renaître soleils !

3 novembre 1994

MARIE

Des flammes bleues ornent ton front surnaturel
Vivant cierge d'azur, souveraine des anges,
Près de toi, l'univers s'évapore en louanges
Tes yeux éblouissants versent un divin miel ;

Tes regards merveilleux sont la splendeur du ciel,
Tu inspires le Tibre et féconde les Gange,
Tu offres à nos coeurs des célestes oranges,
Tu es la flamme d'or des suprêmes castels

Tu remplis de soleil spirituel l'espace,
Ta main prodigieuse éparpille les grâces
Cassolette de Dieu d'où montent les parfums.

Quand on prie ta ferveur, le Paradis s'incline,
Tu sauveras si tu le veux tous les défunts,
Dans l'abîme infini ton prodige illumine.

4 novembre 1994

LE MANIFESTE

Dieu tu diriges
Parmi les striges
Le grand quadrige
Où tu t'ériges,

Le tambourin
Du ciel marin
Est un écrin
D'ambre et d'airain,

Paris et Rome
Dans les arômes
Sont l'hippodrome
De ton plérome,

Ton regard clair
Sous les éclairs
Courbe la mer
Eteint l'enfer,

Toi d'un seul geste
Oiseau céleste
Tu nous attestes
Le Manifeste !

Ma Dimension
Bénédiction !
Est l'ascension
Des compassions[1]...

4 novembre 1994

1 Var. : Des évasions...

ULTIMA

Les ultimes années
D'un Maître sont toujours
D'épreuves couronnées
Par l'énigme des jours.

Le terrible séjour
Parmi les fleurs fanées
Lui donne le bonjour
Des fauves destinées.

Les sinistres périls
Où les yeux se morfondent
Environnent l'exil
Du conducteur des mondes.

Mais rien ne pourra clore
La fabuleuse flore
Du pur révélateur
Debout dans la Hauteur.

4 novembre 1994

LES SONNEURS

Comme le dur volcan
Dont la nuée ardente
S'avance vers la ville
Le héros, élevant
Son épée flamboyante
Raille la fronde vile
Qui garde le tyran.

Je vous ordonne, esclaves,
De briser vos entraves
Pour resplendir enfin
Comme les séraphins !
Ces explorateurs libres
Du nouvel équilibre...

Mais parallèlement
Un pape se mourant
Se prépare à paraître
Devant le Divin Maître.
Le malheureux pasteur
A propagé l'erreur,

A son heure dernière
Il jette sa prière
Car son coeur est sincère.
Mais va-t-elle monter
Jusqu'au Ressuscité ?

Quand le héros terrible
Brisera le tyran
Le pontife tremblant
Consultera sa bible.
S'il en connaît les clés
Il pourra s'envoler.

L'immuable harmonie
Emplit l'ombre infinie
Ecoutons les sonneurs
De l'éternel bonheur !

5 novembre 1994

CARDINAL

La folle sonne du clairon
Dans la fabuleuse cité,
Voici que le nain Obéron
Parcourt les routes enchantées.

Les duchesses et les barons
Se peuplent de lividités
Dès le matin resplendiront
Les fastueuses majestés.

Les faucons de leur triste bec
Frappent le ventre du cromlech,
Les embruns pleuvent dans l'Enorme...

Je provoque le cardinal
Qui rit d'un rire déloyal
Devant l'astre des nuits sans forme.

5 novembre 1994

MALIN

Il m'est impossible de croire
Impossible aussi de douter,
Une comète giratoire
Dans l'avenir s'est transmutée.

Je suis plus malin que l'athée
Je m'installe dans la victoire
Où les suaves déités
Mêlent leurs jeux contradictoires.

J'hésite parmi les courants
De l'obscur et du transparent,
Mais la harpe au fond de mon âme

Déploie son magique oriflamme,
Je suis l'astre sans feu ni lieu
Et je bois le baiser de Dieu.

5 novembre 1994

NUIT

Dans le calme des nuits ma rêverie se tord...
La lune aux doigts d'argent glisse de branche en branche
Et l'étoile aux yeux vifs pour mieux la voir se penche,
La cascade du fond de la forêt s'endort
Pendant que la grenouille au front écaillé d'or
Babille comme danse une troupe de filles.
Les constellations paisibles jouent aux billes
Avec les mille feux de Vénus et de Mars,
Une dernière flamme erre sur les remparts
Silencieux, tandis qu'une jeune cavale
Jette au vent effaré sa crinière inégale.
Je te salue, ô Nuit, maîtresse du repos !
Là-bas un rossignol chante sur ses pipeaux
La grandeur de l'abîme et l'extase de vivre,
J'entrouvre en souriant cet invisible livre
Que l'énigme a jeté vers nos coeurs méditant ;
Je m'évade dans la hauteur du firmament
Pour retrouver la gloire immense des prophètes
Et m'engloutir dans la sérénité parfaite.

5 novembre 1994

FAUNES

Le givre sur la lande
Jette sa houppelande,

Mon regard incertain
Rassure les lutins,

Les grives et les sauges
Jacassent dans leurs loges,

Les faunes étourdis
Dorment en plein midi,

L'ample bibliothèque
Affole les évêques,

Les magiques pasteurs
Transmutent la hauteur,

Mais l'espace aboli
M'invite dans son lit !

6 novembre 1994

VILLAGE

La foudre en vain éclate
Ecarlate
Sur le haut du Pilate.

L'azur du lac Léman
Véhément
Enchante les amants

Une rivière gronde
Vagabonde
Dans la forêt profonde

L'aigle blanc, ce vizir,
Veut saisir
L'objet de son désir

La cloche du village
Aux nuages
Dédie son cri sauvage

Je monterai plus haut
Fomalhaut
Que ton divin flambeau.

7 novembre 1994

LE SOURIRE

L'enseignement du maître
Jusqu'au zénith pénètre,

Son souffle flamboyant
Détrône le néant,

Et sa lueur intense
Calcine les croyances.

On se sent rajeuni
Par l'éclair transfini.

Vous n'écartez personne
De l'absolu qui sonne

Sur l'éclat noir des monts
L'absurde du démon.

L'esprit clame : « Tu mens »
A l'éternel tourment.

L'inaltérable essieu
Eclaire tous les cieux.

Nul, pas même le pape
Dans le trépas n'échappe
Au sourire de Dieu.

8 novembre 1994

LE MERVEILLEUX

Sous le magique dôme
L'humain n'est qu'un fantôme
Mais le rêve l'embaume.

Le songe nous unit
Au soleil transfini,
L'Etre emplit mon génie...

L'arbre sous le vent souffre
Mais le Moi est un gouffre
Qu'emplit un flot de soufre,

La nuit pèse sur nous
J'emprunte son burnous
Pour me mettre à genoux.

Le délire ironique
Fait reculer l'Afrique
Comme une goule antique,

Le véritable Dieu
Dépasse tous les cieux,
Je suis le Merveilleux !

8 novembre 1994

MARQUISES

Au fond du gouffre où s'imprime
La foudre tombée des cimes
J'illuminerai l'abîme,

Dans le ciel inconsolé
L'aigle trace ses ballets
Sur le dédain des palais.

Vers le parfum des Marquises
Mon âme toujours exquise
Tourbillonne dans la brise,

Tourterelles insensées
Vos espérances froissées
Vers les dahlias ont glissé,

Des lumières interdites
Mordorent les eaux bénites.

9 novembre 1994

Quand la lumière, épouse immortelle des cimes
Enlace le cosmos de ses ailes sublimes
Mon coeur amalgamant la splendeur et le feu,
Aigle ressuscité, s'élance jusqu'à Dieu.

9 novembre 1994

LA TROMPETTE

Les hommes et les bêtes
Ne vivent qu'un moment
Tandis que la tempête
Etreint leur bâtiment,

On ne sait pas comment
Le destin nous apprête
A l'éternel roman,
L'aigle sur notre tête

Plane sinistrement,
Les inconnus du soir
Dans leurs lourds ostensoirs
Capturent les comètes...

Mais l'incroyable fête
Berce de sa trompette
Le joyeux firmament !

9 novembre 1994

Le rayonnant Xanthippe
Sage platonicien
Rappella les principes
De l'immuable Bien.

Comme un géant dissipe
La furie des sauriens
Il construisit le cippe
Des yeux phéniciens.

Il connaissait les ruses
Impalpables des Muses
A la cithare ambrée.

L'âme antique du monde
Dans l'azur que Dieu sonde
Te livra le Secret.

9 novembre 1994

JE

J'ai la tête d'un lion
Et les ailes d'un oiseau
L'immense création
Se résume dans mes os.

Je perce de mon rayon
Ces plus ténébreux réseaux
Je survole les grands monts,
Everest, Chimborazo.

Dans l'ouragan qui m'emporte
Je brise les grandes portes
Je condense tous les cris
J'émerveille les péris

J'efface les âpres rouilles
Mais toujours je m'agenouille
Devant l'immuable Maître
Dont la splendeur me pénètre.[1]

10 novembre 1994

1 Var. : Dont l'infini me pénètre.

LE JARDIN

Les vastes rythmes inédits
Nous dévoilent les paradis,
Les fantastiques caravelles
Délivrent des routes nouvelles.
Je relis les poètes noirs
Où frissonnent tous les espoirs.

Ta nudité, blonde Cybèle,
Nous rend la Terre encor plus belle
Les fantastiques éléphants[1]
Portent nos esprits triomphants

Un enfant parfait vient de naître
Il sauvera des milliers d'êtres.
Un prophète aux yeux démentiels
Sondera l'insondable ciel
Il unira moines et brahmes
Dans le nouveau jardin des âmes.

10 novembre 1994

1 Var. : Les redoutables éléphants

CONSEIL

Tu es le Maître des temps
Et le souverain des Flores
Tu charmes tous les printemps
Et suscites Pythagore,

C'est toi que l'abîme attend
C'est toi que chantent les spores
Ta sublimité mordore
L'avalanche des titans...

La monade pérennelle
Ouvrira toutes ses ailes
Comme une troupe d'oiselles,

Dans le soleil des soleils
Monte mon esprit vermeil
Qu'illumine ton Conseil !

10 novembre 1994

LE ZERO

Le zéro, c'est la rose
Mais aussi l'infini,
C'est la lumière éclose
Dans le ciel du banni,

C'est un grand loup morose
Que l'amour rajeunit,
Son rire nous arrose,
Son regard nous unit,

Il saisit la clarine
De la beauté marine
Que la comète craint,

Il brandit la lanterne
Dont le rubis nous cerne
Dans son unique écrin.

10 novembre 1994

MELANGES

J'extravague
Dans les vagues
Des océans d'Asie,
Leur grandeur me saisit

Une bague
Et sa dague
M'ouvrent leur frénésie
Là-bas le ciel rosit...

La prunelle
Solennelle
Scintille chez les morts.

Je dérange
L'aube étrange
Des sorcières d'Endor.[1]

11 novembre 1994

1 Var. : Je mélange
L'aube étrange
Aux rituels d'Armor.

LE DIABLE

Le Diable égrillard
N'est qu'un braillard,
Il invite sans cesse
Quelque princesse
Dont il est amoureux
Sous le ciel creux.

Mais Dieu dit : « Tu te vantes
Mouche savante ! »
Le démon convulsé
Clame alors : « C'est assez ! »
L'ombre ne veut pas lire
Ce noir délire ;

Il s'en va déconfit
Chez les Soufis
Il trouve dans leurs rondes
La paix profonde,
Le voilà devenu
Un ange nu.

11 novembre 1994

TATOUAGE

Le ciel a pris pour tatouage
Le miroitement du nuage,
Le songe invente son abri
Sur les bijoux du colibri,
Le point du jour sacré dessine

Les grands souvenirs de Messine,
Mon crâne en forme de vaisseau
Brave les plus mordants assauts,
Pourtant déjà Vénus scintille
Comme la frange des mantilles,

Les cauchemars sont des brigands
Qui s'enfuient devant l'ouragan,
Astre, soit béni qui nous donne
Une sidérale couronne !

Les flûtes du sombre castel
Font des flammèches un autel,
La rêverie se désagrège
Dans l'ineffable sortilège...

11 novembre 1994

LEVANT

Les hirondelles
Ont pour modèles
Les asphodèles,

Un soleil noir
Farouche espoir
Emplit le soir,

Sous ma lanterne
L'espace alterne
Sable et citerne,

L'astre s'enfuit
Parmi les puits
Où l'Art reluit,

L'ombre d'albâtre
Voudrait abattre
L'amphithéâtre.

Le ciel vivant
S'en va rêvant
Au pur Levant...

12 novembre 1994

Parmi les haleines
Et les cantilènes
De la belle Hélène

Je vais en avant
A travers le vent
Du sombre Levant.

Tout paraît facile
Sous le ciel gracile
Comme un codicille.

Une frénésie
Toute cramoisie
Enchante l'Asie.

Les vieux parchemins
Montrent le chemin
Des lieux surhumains.

L'aurore se fane
Mais l'air diaphane
Surprend le profane.

Comme le varech
Dans les temples grecs
Je joue du rebec

Moi, je m'évapore
Dans l'immense flore
Vers d'autres aurores.

13 novembre 1994

ROSES

Je prends d'assaut
Tes noirs arceaux
Pétillants d'astres
Dont les désastres

Ont des sursauts.
L'homme pourceau
Ton rêve encastre

Jusqu'aux pilastres,
Tendres berceaux
Des vieux ruisseaux.

Sinistre rose
D'apothéose
J'aime tes poses
Dans Dieu écloses.

13 novembre 1994

HARMONIE

Le sombre bruit des forges
Emeut les rouges-gorges
Dans la montagne bleue.

Des rires onduleux
Caressent nos oreilles,
Mais ton front s'émerveille
Dans l'alme immensité.

Je vois les déités
Qui couvrent de leur robe
La majesté des aubes.

Dans l'ombre du vallon
Se promène Apollon
Dont le clair violon
Nous offre ses prestiges

Les invisibles tiges
Portent mon noir génie
Vers l'unique harmonie.

14 novembre 1994

LE POLE

Dans les noirs péristyles
Mélangeons tous les styles,
L'arabe et le chrétien
Charment nos entretiens

Le moderne et l'antique
Ont la même boutique,
L'extase et la folie
Montent le char d'Elie.

Tissons dans nos réseaux
Le soupir des roseaux
Et l'orgueil du platane.
Mettons la tramontane

Dans le lit du zéphyr !
Le rubis des saphirs
Embrouille tous les rôles !
Je suis l'éternel Pôle.

14 novembre 1994

ERRANCE

Je prendrai pour monture
L'aventure
Et je m'envolerai
Dans l'arrêt ;
L'oréade cynique
Communique
Son orgie effrontée
A l'athée.
La Rime, unique reine,
Nous entraîne
Dans le tourbillon noir
Des manoirs.
Au profond de ses coffres
L'Art nous offre
Le tombeau transparent
Des errants.

14 novembre 1994

LE PELICAN

Une palette
Qui se reflète
Dans les miroirs
Nous offre un soleil noir

Je me refuse
Au jeu des Muses
Pétries de ruses
Qui hantent les manoirs.

Je déshabille
La jeune fille
Qui s'éparpille
En rires provocants

Mais les orages
Trompent leurs rages
Dans les mirages
Du sombre pélican.

14 novembre 1994

L'AVENTURE

La lune aux yeux d'argent va cueillant les pervenches
Tandis que l'Innomé sur son rêve se penche
L'abîme s'éjouit
Et ne pense qu'à Lui.

De l'équation Dieu l'amour est la réponse,
Tandis que le soleil parmi les flots s'enfonce.
L'albatros se grisant
De l'éternel Présent
Est toujours devisant.

L'infini des soleils et l'infini des vies
Par l'énigme étoilée seront toujours suivis
Dans l'obscur de la chambre
L'impalpable se cambre
Et jette un parfum d'ambre.

L'énigme ôte sa guimpe
Pour séduire l'Olympe.
Jusqu'au fond de la nuit mon songe s'aventure
Sur le Livre éternel je lis les Ecritures.

15 novembre 1994

L'IMMESURE

Un serpent d'eau pourlèche
Ma superbe calèche,
L'humain reste effaré
Devant l'immesuré.

La partie et le tout
Jouent leur suprême atout
Le négateur parsème
D'ombre le diadème.

Mais l'oeil profond reluit
Dans le feu de la nuit.
Ceux qui viennent des mondes
Entrelacent leurs rondes.

Ils nous tendent la main
Acceptons leur hymen.

15 novembre 1994

L'OISELEUR

Le roi théocratique
Epouvante les sages,
Il tient la clé mystique
Qui ouvre les passages,

Une structure antique
Fait vibrer les corsages.
Un astre fantastique
Invente les massages.

Les rires de l'oiseau
Déroulent leur fuseau,
La déité s'égare
Dans les aérogares

Les penseurs de Mégare
Se mirent dans les fleurs
Mais l'immense douleur
Réclame l'oiseleur.

15 novembre 1994

D'OU ?

D'où est-elle venue
La belle à demi-nue ?
De l'Europe farouche
Où le soleil se couche ?
Du rire flamboyant
Sous un oeil foudroyant ?
De la lointaine Rome ?
Du magique Plérome ?
Un mystère total
Parfumé de santal
Trempe son coeur fatal !
Cela n'importe guère,
Elle vient de naguère.
Elle vient de demain.
Qui croise son chemin
Incarne un surhumain.

15 novembre 1994

CANDEUR

Le rouvre centenaire
A brisé le tonnerre
Le cèdre triomphal
Brave les cris du mal.

Tous ces rameaux intenses
Proclament leurs sentences,
Les colosses messies
Se redressent aussi.

Rien ne peut entamer
Leur incroyable mai
Car la force des choses
Illumine leurs roses

Je dresse ma candeur
Parmi leur profondeur.

15 novembre 1994

DESIR

Il porte sur son front
Que le destin regarde
L'impitoyable affront
De la nuée hagarde...

Les cieux resplendiront
Comme toi, Hildegarde !
La trompe et le clairon
Viennent monter la garde.

Une biche aux aguets
A traversé le gué
Du fantastique fleuve.

Voici la grande épreuve
Il faut vaincre ou périr
C'est là mon seul désir.

15 novembre 1994

LA TOUR

La puanteur d'un grand carnage
Sur les lamentables cités
Comme une hydre atroce surnage
Pour le triomphe des comtés.

Mais la fureur doit s'arrêter
Selon les antiques lignages.
Le mystère des cieux engage
L'invincible félicité.

Sous la folie des astres vides
Des rapaces d'un oeil avide
Démusèlent donc leurs contours
L'énigme des immenses tours

Dresse la formidable ivresse
Contre la fuite des vautours
Devant la hauteur de la Tour
Resplendissante de tendresse.

15 novembre 1994

UN LAGON

Sur le sable fin du lagon
Le flot des souvenirs vient battre,
Les déesses aux seins d'albâtre
Ont apprivoisé les dragons.

Ma porte tremble sur ses gonds,
Un orage vient de s'abattre
Mais j'arbore pour le combattre
Les talismans de l'estragon[1].

Le doigt de l'homme médecine
Sur mon front en sueur dessine
Le signe qui chasse l'effroi,

J'ai bu la liqueur des ancêtres
Et j'ai tracé les sombres lettres
Qui des esprits me sacrent Roi.

16 novembre 1994

1 Var. : Les arômes de l'estragon.

L'EXISTENCE

Combien de millions d'existences
Faudra-t-il aux pauvres humains
Pour reconstruire les chemins
De l'éternelle transcendance ?

Entrons dans la joyeuse danse
Sous l'aurore aux yeux de carmin.
Sur nos tourments chante l'hymen
Des idéales évidences.

Il faut éveiller nos esprits
Comme un essaim de colibris
Vers les sages et les poètes.

Alors une vie suffira
Pour retrouver la grande aura
De la connaissance complète...

16 novembre 1994

CHARMES

Le nègre dans sa case
Embrase
Les échos de l'extase,

La sagesse de Râ
Fera
Rire l'immense Indra.

Les notes de la sphère
Griffèrent
L'incroyable atmosphère,

Les cathédrales sous
Les fous
Enchantent les époux.

Les cordes de mon coeur
Moqueur
Forment l'éternel choeur

Mais l'immortelle tombe
Succombe
Aux charmes des palombes.

16 novembre 1994

L'EPOUSE

L'infatigable vol du vaste alexandrin
Dans la sérénité de l'azur nous étreint.
Nous retrouvons la caresse des origines
Parmi le tourbillon brûlant de l'Androgyne
Les Védas, le Livre des Esprits, les Korans
Nous forgent les essors du baiser transparent

Et l'inspiration fatale nous transporte
Jusqu'au fond de la Nuit dont nous brisons les portes
Venez à mon secours archanges et lamas !
Dans les sillons du feu l'aurore nous sema...
Buvons le vin formidable de l'inaudible
Les prophètes sacrés accoudés sur les bibles

Contemplent en songeant les fières étendues
Où nos sérénités s'enfoncent éperdues.
Les dragons retirés dans l'obscur des cavernes
Contemplent en hurlant l'éther qui nous gouverne.
Mais leurs cris affolés ne peuvent retenir
L'élan tumultueux qui perce l'avenir.

Un matin les humains déchireront les guerres
Et nous retrouverons la beauté de naguère
Quand dans le coeur de Dieu nous boirons l'hydromel
Nous saurons que la Terre est l'épouse du ciel.

17 novembre 1994

LAMPYRES

Je caresse ta mantille
        Où scintille
Une tendresse irisée

Merveilleuse hamadryade
        Qui gambade
Dans l'écrin pur des rosées !

Le cosmos aux calmes lignes
        Nous désigne
La fantaisie des lointains

Les rires de ma fontaine
        Incertaine
Interpellent les lutins.

La malice de l'amphore
        Corrobore
Dans les étreintes du jeu

Tandis que l'onde soupire
        Les lampyres
Compagnons subtils de Dieu.

17 novembre 1994

LE PONT

Les sonnets de Pétrarque
Roucoulent sur la barque
Ils invitent le ciel
A nous verser son miel

L'iris des marjolaines
Se mêle à nos haleines
Je vais sans hésiter
Vers l'éternel été.

Une ardente blessure
Me pique et me rassure.
Elle est l'énorme pont
Car l'Infini répond

A nos tristes appels.
Le pain noir et le miel
Sont l'éclatant symbole
De l'unique auréole.

17 novembre 1994

LE SISTRE

Sur ta bouche
Je me couche
Comme une folle mouche.

J'ai la marque
De Plutarque
Sur ma tremblante barque,

Je traverse
Les averses
Que l'inconnu me verse.

Les bornes des ravines
De leur splendeur devinent
L'énormité divine.

Je sens l'Etre des êtres
Dont la gloire pénètre
Le sistre des ancêtres.

17 novembre 1994

LES CANTIQUES

La sublime poésie
Unit l'Europe à l'Asie
Dans sa robe cramoisie,

Sur le haut de cithéron
Se rassemblent les hérons
A l'appel noir des clairons.

Les habitants de l'Espace,
Tourterelles et rapaces
Explorent toutes les passes.

L'hirondelle du Bouddha
Dans la gloire déborda
L'étoile de Lérida !

Son orgueil hiératique
Comme un astre fantastique
Réunit les purs cantiques.[1]

18 novembre 1994

1 Var. : Réunit les grands cantiques.

LE BAISER

Le gouffre a posé sa main
Sur mon crâne surhumain
Pour célébrer notre hymen,

La science hiératique
Du moderne et de l'antique
Ouvre son compas mystique.

Sur la hauteur du castel
Je dresse le sombre autel
Des souvenirs immortels

La flammèche qui s'envole
Dans un délire frivole
Trace un rêve bénévole.

Je désire composer
Dans un écrin de rosée,
L'inoubliable baiser.

19 novembre 1994

S'EVADER

Pour s'évader
Dans les Idées
J'ouvre mon oeil
Brûlant d'orgueil,

Joueur de dés
Je veux sonder
Le vaste écueil
De nos cercueils.

Le prince penche
Les avalanches
Des rois défunts

Sur ma parfin
Mais je dérange
Les noirs archanges.

19 novembre 1994

LES SAUVEURS

Dans l'obscur des forêts
Mon âme chantera
Les astres mordorés
Par le souffle de Râ

Vers Toi je m'en irai
Angélique Tara
Je m'émerveillerai
De ta mystique aura

Aux sons de ta musique
Flûte métaphysique
J'ouvrirai ma ferveur

Mais le violoncelle
Dans l'âme universelle
Célèbre les Sauveurs.

19 novembre 1994

L'ETOFFE

Sur la fantaisie du Bosphore
        Une amphore
Entrelace les métaphores.

Malgré le rire des lutins
        Valentin
Brise la massue du Destin.

La transcendance de Maxime
        Sur la cime
Emeut l'éclair sérénissime

Le chat ronronne près du feu
        Mais le Jeu
Déchaîne le rire de Dieu

C'est pourquoi le fier philosophe
        Dans ses strophes
Conjurera la double étoffe.

19 novembre 1994

ALTERNANCE

La lumière et les ténèbres
Alternent leur majesté,
Le cantique pur des Guèbres
Efface l'altérité...

Dans l'immortelle cité
Un mystère se célèbre.
Mais le rythme des algèbres
Epouvante la clarté.

La séductrice camuse
Avec le soleil s'amuse
On efface le nadir

La fabuleuse guitare
Illuminera Pindare
Et bénira l'avenir.

19 novembre 1994

OSTENSOIR

Les fabuleux extraterrestres
Visitent toutes galaxies
Ils chevauchent, géants équestres,
Parmi les fulgurants messies.

Ils étudient les clairs mystères
Dont étincellent les écrins,
Ils sont les lions adultères
La furie hérisse leurs crins.

Une folle au rire céleste
Tourbillonne en cantiques lestes
Devant la malice des soirs

Le tambourin de la bohème
Excite d'effrayants poèmes
Qui transmutent les ostensoirs.

19 novembre 1994

GLOSSAIRE

ABEL	d'après le *Livre de la Genèse*, il était le second fils d'Adam et Eve. Il fut tué par son aîné Caïn.
ALDEBARAN	étoile alpha du Taureau.
ALINE	- petite planète découverte, en 1887, par Palisa. - (sainte), vierge et martyre, en 640.
ALTAIR	étoile alpha de l'Aigle.
ANDAMAN	îles. Archipel montagneux du Golfe du Bengale.
APHRODITE	myth. grecque : née de Zeus et de Dioné, elle est la déesse de l'Amour.
APOLLON	myth. grecque : dieu solaire qui parcourt quotidiennement le ciel sur son char. Le plus beau des dieux.
ARETHUSE	nymphe qui fut métamorphosée en fontaine pour échapper au dieu-fleuve Alphée.
ARMOR	ou Arvor. Nom celtique de la Bretagne signifiant « sur mer », c'est-à-dire pays maritime.
ARNO	fleuve toscan d'Italie qui passe à Arezzo et traverse Florence, qu'il inonde périodiquement.
ASSUR	cité de Mésopotamie qui donna naissance au royaume d'Assyrie.
ASTARTE	divinité grecque assimilée à Aphrodite.

AVETTE — anc. : abeille.

BEATRICE — ou Béatrix Portaniri. (Morte en 1290), Florentine aimée par Dante d'un amour tout idéal. Elle devint son héroïne dans les chants XXX et XXXI du *Purgatoire* de la *Divine Comédie* ; elle est l'emblème de la sagesse guidant l'âme vers le monde divin.

BESANT — Annie. (1847-1933), héritière spirituelle de H.P. Blavatsky.

BLAVATSKY — Helena Petrovna. (1831-1891), issue de la noblesse russe, elle fonda avec le colonel américain H.S. Olcott, la Société Théosophique. Celle-ci s'est répandue à travers le monde, elle réunit le spiritisme et la spiritualité. Auteur de *La Doctrine Secrète* et de *Isis Dévoilée.*

BOSPHORE — détroit entre la mer Noire et la mer de Marmara. Royaume grec fondé vers 438 av. J. -C..

BOUDDHA — (536-480 av. J. -C.), dans le bouddhisme mot signifiant *Eveillé.* Nom désignant Siddhartha Gautama fils d'un souverain de la tribu des Sakya.

BRUNO — Giordano. (vers 1548-1600), philosophe italien de la Renaissance, condamné au bûcher par l'Inquisition. Auteur de : *Le Banquet des Cendres, l'Infini de l'univers et les mondes*, ainsi que le dialogue *De la cause, du principe et de l'unité* et des *Fureurs héroïques*. Bruno est considéré comme un précurseur de la philosophie moderne en raison de son influence sur Baruch, Spinoza et de son anticipation des théories du monisme du XVIIe siècle.

CALATRAVA — ville d'Espagne qui fut le siège de l'ordre militaire du même nom au XIIIe siècle.

CARON — Antoine. (vers 1520-vers 1599), peintre, dessinateur et graveur français.

CEDRON — torrent de Palestine, en Judée, qui se jette dans la mer Morte.

CHANTE-CLAIR — nom du Coq dans le *Roman de Renart*.

CHIMBORAZO — montagne volcanique de la Cordillère des Andes, en Equateur, dominant la vallée de Quito.

CHRETIEN — de Troyes. Poète français du XIIe siècle. Il nous reste de lui cinq romans dont *Perceval* ou *le Conte du Graal*, resté inachevé. La finesse de ses analyses et l'agrément de son style font de lui l'un des meilleurs poètes du Moyen Age.

CIVA	ou Siva ou Shiva. Dieu de la purification dans la mythologie hindoue.
CLAIRE (Sainte)	(1193-1253), elle fit voeu de chasteté et de pauvreté à l'exemple de saint François d'Assise. A la mort de ce dernier, elle apparut comme la dépositaire de son esprit. Elle est à l'origine de l'ordre des Clarisses.
CLEMENS	voir Twain.
CLITANDRE	héros de Molière.
CONFUCIUS	ou Kong fuzi ou Kongzi. (vers 551-vers 479 av. J. -C.), philosophe chinois.
CORINNE	- (fin du VIe siècle av. J. -C.), poétesse grecque, née à Thèbes. Plus âgée que Pindare, elle le conseilla et l'emporta sur lui dans plusieurs concours. - Ovide a aimé et chanté une femme de son temps qui s'appelait ou qu'il appelait Corinne. - *Corinne d'Italie*, roman de Madame de Staël, 1807.
CYBELE	déesse de Phrygie appelée aussi Grande Mère ou Mère des dieux.
CYPRIS	surnom de Vénus, déesse romaine de l'amour.
DANTE	Alighieri. (1265-1321), écrivain italien auteur de la *Divine Comédie*.

DELORME	- Marion. (1611-1650), courtisane française. Sa mort a fourni matière aux plus invraisemblables légendes. - pièce de théâtre de Victor Hugo.
DESBORDES VALMORE	Marceline. (1786-1859), l'un des plus grands poètes de sa génération. Son langage musical séduisit Lamartine, Vigny, Hugo dont elle resta toujours l'amie.
DESDEMONE	héroïne de Shakespeare dans sa pièce *Othello*.
DIANE	ou Diana. Déesse italique et romaine de la fécondité ; assimilée à Artémis, la déesse grecque, elle en reçoit le goût de la chasse.
DIDIER (Saint)	- ou Dizier. (Mort en 407), évêque de Langres, il tenta de résister aux Vandales, mais fut décapité après la prise de la ville. - (Mort en 606 ou 607), évêque de Vienne en 596, il protesta contre les moeurs de Thierry II et de Brunehaut, celle-ci le fit lapider par ses sbires.
DIOTIME	de Mantinée. Prêtresse à qui Platon, dans *le Banquet*, attribue les théories développées par Socrate sur l'amour et la beauté.
EGINE	île grecque de la mer Egée.

ELEAZAR	grand prêtre juif du IIIe siècle avant notre ère. Il aurait envoyé au roi d'Egypte, Ptolémée 1er, 72 vieillards qui firent la traduction de la *Bible*, connue sous le nom de : *Version des Septante*.
ELEONORE	de Guyenne ou Aliénor d'Aquitaine. (vers 1122-1204), reine d'Angleterre, fille du duc d'Aquitaine. Elle épousa Louis VII, roi de France. Répudiée en 1152, elle se remaria quelques semaines plus tard avec le roi d'Angleterre Henri II Plantagenêt. Elle vécut séparée de son époux et tint sa propre cour à Poitiers entourée d'artistes et de troubadours.
ELIE	(IXe av. J. -C.), prophète juif . Il apparaît comme le porte-parole de la volonté divine.
ELVIRE	personnage du *Dom Juan* de Molière. Epouse de Don Juan, elle avait été dupée par lui.
EOLE	- roi légendaire de Magnésie, en Thessalie, près de Sisyphe. - chez Homère, maître des Vents ; il devint plus tard une divinité mineure, fils de Poséidon.
ERIDAN	- ancien nom du Pô. - constellation australe, la sixième par l'étendue.

EROS	myth. grecque : divinité de l'amour ; dieu créateur né du chaos primordial.
ESTHER	héroïne biblique du *Livre d'Esther*, grâce à qui les Juifs furent épargnés d'un massacre par Assuérus.
EURYDICE	myth. grecque : dryade, épouse d'Orphée.
EVEREST	ou Chomolungma. Mont de la chaîne himalayenne, culminant à 8 848 m, point le plus haut du globe.
FAUST	- figure mythique passant pour avoir pactisé avec le diable, Méphistophélès. - oeuvres littéraires de Goethe.
FINGAL	héros légendaire irlandais du IIIe siècle. Roi des Fenians de Leinster, père du poète Ossian.
FLOREAL	VIIIème mois du calendrier républicain correspondant à peu près au temps compris entre le 20 avril et le 20 mai du calendrier grégorien.
FOMALHAUT	étoile alpha du Poisson.

GANDHI — Mohandas Karamchad. (1869-1948), philosophe et homme politique indien. Il fut le plus fervent avocat de l'Ahimsa (non-violence active) et de l'égalité des droits de l'homme. Son influence politique fut très grande sur le parti du Congrès. Il participa aux négociations pour l'Indépendance de l'Inde. Un brahmane fanatique l'assassina. On lui donne le titre de Mahatma.

GOETHE — Johann Wolfgang (von). (1749-1832), écrivain allemand, il fut également ministre du grand-duc de Weimar. Ses oeuvres les plus célèbres restent *Faust* et le second *Faust*.

GUEBRES — Persans adeptes de la religion zoroastrienne qui forment, aujourd'hui encore, un petit groupe en Iran.

HELICON — - massif montagneux de Grèce en Béotie.
- myth. grecque : un des séjours favoris des Muses qui se réunissaient autour de la fontaine Hippocrène et dans le bois sacré.

HERCULE — ou Herculès (en grec Héraclès), incarne la Force. La mythologie dit qu'il était l'homme le plus fort de la Terre et qu'il possédait cette suprême confiance en soi que donne une magnifique vigueur physique. Il s'estimait l'égal des dieux et d'ailleurs ceux-ci durent faire appel à son aide pour vaincre les Géants. Il naquit à Thèbes, fils de Zeus et d'Alcmène qui fut dupée par la supercherie du roi de l'Olympe qui se fit passer auprès d'elle pour son époux, Amphitryon. Héra (femme de Zeus) se vengea en rendant Hercule fou, celui-ci dans sa crise de démence tua sa femme et ses enfants. Eurysthée, roi légendaire de Mycènes, lui imposa les 12 célèbres Travaux.

HILDEGARDE — (1098-1179) sainte mystique, célèbre par ses visions et ses écrits mystiques.

HORACE — (65-8 av. J. -C.), poète latin.

HUGO — Victor. (1802-1885), très célèbre poète visionnaire et écrivain français. Il fut également député en 1848 partisan d'une démocratie libérale et humanitaire. Il s'exila sous le Second Empire et s'opposa à la politique de Napoléon III qu'il surnomma : *Napoléon le Petit*. Son oeuvre est colossale et ne peut être citée intégralement ici. Retenons deux grands poèmes parus après sa mort : *La Fin de Satan* et *Dieu*.

ILLIADE — épopée grecque attribuée à Homère, comme l'*Odyssée*. Elle raconte un épisode de la guerre de Troie.

INDRA — le plus grand des dieux de l'Inde à l'époque védique. Il détient la puissance symbolisée par la foudre.

IS — ou Aeiopolis. Géogr. anc. : ville de Babylonie en Mésopotamie, près de l'Euphrate.

ISHTAR — grande déesse chez les Sémites du couloir syrien.

ISIS — déesse égyptienne épouse d'Osiris.

JAMBLIQUE — (vers 125), écrivain grec d'origine syrienne. Il écrivit un roman en 35 volumes, *Les Babyloniques*.

JANICULE — ensemble de collines de Rome s'étendant sur la rive droite du Tibre et comprenant le Janicule actuel et les Montes Vaticani.

JAPHET — patriarche biblique, fils de Noé. Ancêtre, selon la *Bible*, des peuples indo-européens.

JEAN-BAPTISTE (Saint)	chef d'une secte juive du Ier siècle avant notre ère, contemporain de Jésus, fils d'Elisabeth, tante de ce dernier. Il est considéré par les Chrétiens comme le précurseur du Messie. Il fut décapité vers 28 sur l'ordre d'Hérode Antipas ; il prêchait un message de pénitence et pratiquait un baptême de purification.
JEHOVAH	nom du Dieu de la *Bible*.
JESUS	fondateur de la religion chrétienne pour laquelle il est le Christ. Sa vie pose des problèmes d'historicité controversés.
JUPITER	dieu italique et romain assimilé au Zeus des Grecs. Principale divinité du panthéon romain, il apparaît comme le dieu du ciel, de la lumière diurne et des éléments.
KALI	- mot sanscrit désignant l'un des quatre âges mythiques (yuga) dont est constituée la vie du monde. - déesse féroce dans la mythologie hindoue.
LENCLOS	Anne (dite Ninon de). (1620-1705), fort belle, admirable musicienne, femme de grande intelligence et de grand savoir, elle exerça une influence certaine sur la société de son époque.
LERIDA	ville d'Espagne orientale, en Catalogne.

LORRIS	Guillaume de. (vers 1200-après 1240), auteur de la première partie du *Roman de la Rose*.
LUCIFER	nom donné à Satan. Pendant les premiers siècles de l'Eglise, le nom de Lucifer a été appliqué au Christ, véritable « porte-lumière ».
LUTHER	Martin. (1483-1546), réformateur religieux allemand, il dénonça notamment la vente des indulgences qui marquèrent le début de la Réforme. Il fut excommunié en 1521.
MADRIGAL	petite pièce de vers exprimant une pensée fine, tendre ou galante.
MEGARE	ville de la Grèce aux environs d'Athènes.
MELUSINE	personnage fabuleux. Elle a reçu de sa mère, qui était fée, le don d'avoir tous les samedis le bas du corps en forme de serpent. Elle épousa le comte de Raymondin, en lui faisant promettre de ne jamais chercher à la voir le samedi. Elle bâtit pour lui le château de Lusignan. C'est d'une des fenêtres de ce château qu'il s'échappa pour toujours après avoir surpris le secret de Mélusine.

MELVILLE	- (1545-1622), réformateur écossais. Chef de l'église réformée d'Ecosse, il y introduisit les méthodes humanistes. Henry Dundas (vicomte). (1742-1811), homme d'état britannique. - Hermann. (1819-1891), poète et écrivain américain, auteur de *Moby Dick*.
MESSINE	ville d'Italie à l'extrémité N.O. de la Sicile.
MINERVE	déesse romaine identifiée à l'Athéna grecque.
MOLOCH	divinité cananéenne mentionnée dans la *Bible*. En son honneur des enfants étaient immolés, puis brûlés.
MORYA	l'un des Maîtres de H. P. Blavatsky.
NEFERTITI	reine d'Egypte, épouse d'Akh-en-Aton, seconde moitié du XIVe siècle avant notre ère, elle participa à la révolution religieuse accomplie par le pharaon.
NERVAL	Gérard de. (1808-1855), écrivain français d'inspiration romantique qui fut le précurseur de toutes les formes de surnaturalisme moderne.
NINON	voir Lenclos.
NIVOSE	IVème mois du calendrier républicain, correspondant à peu près au temps compris entre le 21 décembre et le 21 janvier du calendrier grégorien.

OBERON	nain, roi des elfes. Adaptation dans la littérature française du nain Alberich de la légende allemande des Nibelungen.
ODIN	le premier des dieux scandinaves Ases.
ORPHEE	myth. grecque : poète et musicien des légendes de Thrace.
OVIDE	Publius Ovidius Naso. (43 av. J -C.-17 ou 18 ap. J -C.), poète latin, favori de la haute société. Plus intellectuel que poète, il exploita toutes les tendances de la poésie élégiaque.
PALMYRE	ancienne capitale de la Syrie située entre Damas et l'Euphrate.
PARSIFAL	opéra de Wagner (1882) inspiré du roman de Chrétien de Troyes *Perceval ou le conte du Graal*.
PEPIN	le Jeune (ou de Herstal ou de Heristal). (Mort en 714), maire du palais d'Austrasie et père de Charles Martel.
PETRARQUE	François. (1304-1374), poète et humaniste italien ; il fut très lié à Boccace.

PHENIX — oiseau fabuleux d'Ethiopie vivant pendant 500 ou 1461 ans ou pendant des millénaires. Le phénix meurt sur un bûcher ou un nid qu'il prépare en amassant des plantes aromatiques. Il renaît de ses cendres et le nouveau phénix vole à Héliopolis d'Egypte, centre du culte du soleil auquel phénix est associé.

PHLEGETHON — un des fleuves des Enfers des anciens Grecs. Il environnait le Tartare, et roulait des torrents de flammes ; de là son nom (de *phégein*, brûler). C'était un affluent de l'Achéron.

PIERRE (Saint) — dans les *Evangiles*, le principal des douze Apôtres. Il renia son maître par trois fois lors de la Passion. Après la Résurrection, il reçut la charge de pasteur universel. Il fut martyrisé sous Néron, en 64.

PILATE (mont) — massif de Suisse.

PINDARE — (518-438 av. J. -C.), poète lyrique grec.

PLATON — (vers 428-vers 348 av. J. -C.), philosophe grec. Disciple de Socrate, il transmit ses enseignements dans ses *Dialogues*. Il fonda l'Académie d'Athènes.

PLEROME — philo. anc. : plénitude des intelligences.

PLUTARQUE — (vers 50-vers 125), écrivain grec auteur des *Oeuvres Morales* et des *Vies Parallèles*.

POLLION	Asinius Pollio. (76 av. J. -C.-vers 5 ap. J. -C.), homme d'état et écrivain romain à qui Virgile dédia sa *IVème Eglogue*.
POLYPHEME	l'un des Cyclopes, fils de Poséidon et héros d'un célèbre épisode de l'*Odyssée*. C'est à lui qu'Ulysse enfonce un pieu dans son oeil unique afin de lui échapper.
PSYCHE	personnification de l'âme et héroïne du célèbre conte d'Apulée, *l'Ane d'or*. Elle symbolise l'âme à la recherche de son idéal ou la purification de l'âme déçue et sauvée par l'amour.
PYTHAGORE	(vers 570-vers 480 av. J. -C.), mathématicien et philosophe grec. Fondateur de l'école de Crotone. Il enseigna la métempsycose et le dogme orphique de la chute : c'est par punition que l'âme est enchaînée au corps.
RA	ou Rê dieu solaire de la mythologie égyptienne.
ROCK	sorte d'aigle gigantesque et fabuleux qui figure dans les contes arabes.
RONSARD	Pierre de. (1524-1585), poète français, auteur d'hymnes, de discours, de *la Franciade*...
SAPHO	ou Sappho. (fin du VIIe siècle - début du VIe siècle av. J. -C.), poétesse grecque.

SCHILLER — Friedrich von. (1759-1805), poète et dramaturge allemand, qui fut notamment l'auteur de pièces d'une grande intensité dramatique, dans l'esprit du *Sturm und Drang*, et qui affirma dans l'ensemble de son oeuvre un idéal de liberté individuelle absolue.

SIMON — le Mage. Thaumaturge dont on connaît l'existence par les *Actes des Apôtres*.

SOLFATARE — - terrain d'où se dégagent des vapeurs sulfureuses et où se dépose du soufre.
- représente l'état de repos d'un volcan non éteint.

SOTER (Saint) — 12ème pape. (166-vers 174), selon la tradition il était originaire de Campie et fut martyrisé.

STANHOPE — Hester, Lucy. (1776-1839), après avoir vécu aux côtés de son oncle Pitt, elle partit pour l'Orient. Elle s'établit, en 1814, chez les Druses, qui la vénéraient comme une prophétesse. Elle reçut de nombreuses visites dont celle de Lamartine et mourut dans le dénuement.

STRABON	(vers 58 av. J. -C.-entre 21 et 25 ap. J. -C.), historien et géographe grec, né à Amaseia, ville d'Asie Mineure, ancienne capitale du royaume du Pont. On ne sait de sa vie et de sa famille que ce qu'il en dit dans son oeuvre.
STYX	myth. grecque : fleuve des Enfers.
SULAMITE	qualificatif de la Bien-Aimée du *Cantique des Cantiques* de Salomon.
TARA	déesse hindoue, principale shakti du dieu Shiva.
TEILHARD DE CHARDIN	Pierre. (1881-1955), jésuite, philosophe et paléontologue français. Il se passionna pour les problèmes concernant l'origine de l'homme. Son oeuvre abondante, longtemps suspecte aux yeux de l'église, n'a été éditée qu'après sa mort : *le Phénomène humain, l'Apparition de l'homme, le Milieu divin*.
THEMISTOCLE	(vers 525-vers 460 av. J. -C.), homme d'état athénien, doué de clairvoyance politique et d'une remarquable éloquence. Après sa mort, il fut vénéré comme un dieu par les habitants de Magnésie du Méandre.
TRIMALCION	*Le Festin de Trimalcion* est un des plus célèbres épisodes du *Satiricon* de Pétrone.

TSONG-KHA-PA — (1357-1419), fondateur d'une secte bouddhiste tibétaine les « vertueux » ou « secte des bonnets jaunes ». Il institua la croyance en la réincarnation des saints bouddhistes et des dieux.

TWAIN — Samuel Langhorne Clemens (dit Mark). (1835-1910), célèbre humoriste américain, auteur des non moins célèbres : *Aventures de Tom Sawyer* et *Aventures d'Huckleberry Finn*.

TYR — capitale d'un royaume cananéen puis phénicien. Sujette de l'Egypte (du XVe au XIIIe siècle av. J. -C.). Son souverain le plus connu est Hiram 1er (vers 969-vers 935 av. J. -C.).

VALENTIN — (mort en 161), hérésiarque du IIe siècle d'origine égyptienne. Ce qui domine dans sa doctrine, c'est le panthéisme émanatiste (qui repose ou qui admet le système de l'émanation).

VIRGILE — (70-19 av. J.-C.), poète latin. Dante en fait son guide dans sa descente aux enfers, la *Divine Comédie*.

VOLTAIRE	François Marie Arouet (dit). (1694-1778), Célèbre écrivain français. Il consacra ses activités littéraires à diffuser ses idées philosophiques, des pamphlets religieux et de courageuses interventions en faveur des victimes de l'intolérance. Considéré comme l'« homme universel » et le champion de la tolérance. Ses principales oeuvres : *Zadig*, *Micromégas*, *Candide* et surtout les *Contes philosophiques*.
XANTHIPPE	(Ve siècle av. J. -C.), homme d'état athénien, père de Périclès.
ZORAH	Cajzoran Ali. Auteur des *Postures Divines*, yoga issu des enseignements des Maîtres orientaux. Elle fut l'initiatrice de François Brousse, voir *La Trinosophie de l'Etoile Polaire*, (la Licorne Ailée, 2e éd. 1990).
ZOROASTRE	(628-551 av. J. -C.), fondateur du zoroastrisme. Il reçut d'Ahoura-Mazda, le seigneur de la Sagesse, la mission de prêcher la vérité.

TABLE DES POEMES

LA LICORNE AILÉE

(association à but non lucratif régie par la loi de 1901)

La licorne ailée a pour but de faire connaître, répandre et diffuser la pensée, l'enseignement et l'œuvre de François Brousse, notamment par la publication de livres et l'organisation de conférences.

Pour tous renseignements écrire à :

LA LICORNE AILÉE
145 rue de Belleville 75020 PARIS
http://www.licorne-ailee.com
licorne.ailee.livres@orange.fr

ACHEVE D'IMPRIMER
EN JUIN 1998
DANS LES ATELIERS
DES PRESSES LITTÉRAIRES
A SAINT-ESTEVE (66240)

D. L. : 2e TRIMESTRE 1998
N° D'IMPRIMEUR : 17286